의원장호

기공흑마 신무협 장편소설

ORIENTAL FANTASYSTORY & ADVENTURE

dream
books
드림북스

# 의원강호 21(완결)

초판 1쇄 인쇄 / 2017년 11월 8일
초판 1쇄 발행 / 2017년 11월 20일

지은이 / 기공흑마

발행인 / 오영배
책임편집 / 편집부
펴낸 곳 / (주)삼양출판사 · 드림북스

주소 / 서울시 강북구 도봉로 173
대표 전화 / 02-980-2112  팩스 / 02-983-0660
편집부 전화 / 02-980-2116  팩스 / 02-983-8201
블로그 / blog.naver.com/dreambookss

등록번호 / 제9-00046호
등록일자 / 1999년 3월 11일

ⓒ 기공흑마, 2017

값 8,000원

ISBN 979-11-283-9326-6 (04810) / 979-11-313-0216-3 (세트)

* 지은이와 협의하에 인지는 생략합니다.
* 잘못된 책은 구입한 곳에서 바꾸어 드립니다.

이 도서의 국립중앙도서관 출판시도서목록(CIP)은 서지정보유통지원시스템홈페이지
(http://seoji.nl.go.kr)와 국가자료공동목록시스템(http://www.nl.go.kr/kolisnet)에서
이용하실 수 있습니다. (CIP제어번호: 2017029159)

의원강호

기공흑마 신무협 장편소설

ORIENTAL FANTASYSTORY & ADVENTURE

21

dream
books
드림북스

## 목차

第一章
급속!

　분노에 가득 찬 운현. 그 주변의 기가 들끓는 듯했다. 그의 의지를 받들어 주변의 기운들은 전부 화로 화한 지 오래였다.

　"윽……."

　그 주변에서 자리를 지키고 있는 무인들조차 그의 살기에 질릴 정도였다.

　운현이 바라보는 쪽은 바로 옆이 아니었다. 조금 더 멀리. 그 앞에 있는 것들을 바라보고 있었다.

　"온다……."

　"예. 오고 있습니다."

사혈맹의 무인들을 놀라게 하는 데 충분한 무인들. 처음 드러낸 자들보다 그 수는 적을지라도 사파의 무사라면 두려움을 드러내게 하는 데 충분한 자들이 산을 올라타고 온다.

　'조금. 조금만 더! 빨리!'

　운현의 신호를 중심으로.

　"대체 저들이 어떻게!"

　맹주 탁운이 부르르 몸을 떠는 것도 무리는 아니다. 저들이 움직이는 건 흔히 있는 일이 아니었다.

　정사대전이 전면전으로 이어졌을 때. 정파가 위험에 처했을 때야 나서는 자들이 저들이다. 정파의 영역을 수호하되 먼저 움직이는 건 그들의 성격이 아니었다. 그들은 무인이자, 그와 동시에 도를 수행하는 도인.

　패도적인 성격을 가지기에는 그들의 성격이 그리 독하지는 못했다.

　그러나 마(魔)가 있으면 언제나 그들이 수행하던 검을 들기에 망설임이 없던 자들이었다.

　그들은 혹세무민(惑世誣民)하는 자들을 벌하는 데 두려움이 없었다.

　"저기다."

　"무량수불……."

　"이것이 뜻이라면."

굳은 표정을 하고, 도복을 입고 달려오는 그들은 수행으로 깊어진 주름 가운데, 단호함이 서려 있었다.

"무당이 어떻게 여기에!"

그리고 그들 옆에서 자리를 지키는 자들.

'……좋은 계책이지 않은가.'

마를 토벌한다는 신념을 가진 무당의 무인들과는 달리, 운현의 계책 그 자체에 감탄하고 있는 자들.

처음은 견제로, 다음은 친분과 인연으로, 그 다음은 뜻을 같이하는 아군이 된 자들. 그들의 조상 하나를 시조로 모시는 그들은.

"……제갈."

도가 아닌 이성으로 무의 끝에 올라설 수 있다 믿는 제갈가였다.

무당과 제갈. 운현과 인연을 쌓은 자들. 운현의 출신지인 호북에 똬리를 틀고 있는 자들. 흔히 움직이는 법이 없는 자들이 본파의 무인들을 이끌고 달려왔다.

호북에 인연이 닿은 다른 무인들을 전부 끌고 왔음은 물론이다.

처음부터 전력으로 달리고 있었다.

무림맹에 지원 나가 있는 무인들을 제외하고 검을 들어 휘두를 수 있는 자들은 거의 다 온 듯했다.

끝의 끝까지. 본디 어지간해서는 움직이는 법이 없던 자들이 모두 움직이는 데 성공한 것은 처음부터 끝까지 단 한 사람의 덕분.

'방심이 컸군. 이쪽은 처음부터 최선이었다.'

분노를 숨기지 않은 채로, 지금까지도 최적의 때를 기다리고 있었던 운현이었다.

처음부터 그가 이쪽으로 온 것도. 정보전을 위해서 모두를 설득해 낸 것도. 사혈맹의 눈을 가린 것도 바로 지금을 위함이었다.

두 파의 무인들이 움직이는 것을 알지 못하게 하기 위해 심혈을 기울였다.

운현이 목숨을 걸고 기습을 가하고, 악명을 떨칠지 몰라도 독이라도 풀어 움직인 것은 모든 주목을 그가 가져가기 위함!

'……다 사용했다.'

무당에 그가 쌓아 놓은 빚들. 제갈과의 인연. 그의 힘, 권력. 그중 상당수를 이용해서 움직이기 힘든 자들을 움직이게 하는 데 성공하기까지.

여기까지 오는 그림을 그리기까지!

모든 걸 걸었으며, 그들은 상상하지도 못했을 힘을 소모했다. 그렇게 허를 찌르는 데 성공했다.

'한 번의 기회다.'

여러 번 움직이게 할 수는 없다. 지금 전력의 핵. 무당의 무인들. 무림행을 하는 자들도 있으나, 대다수의 자들은 도를 수행하는 데 평생을 바치다 간다.

그런 자들을 자주 움직이게 할 수는 없다. 여기까지도 최대의 그림을 그려 성공한 거다. 기적이다. 그러니.

'……처리한다.'

맹주 탁운은 장이니 포이니 하며 장기를 두듯, 사파와 정파의 장기전이 될지 모르겠다 생각했겠지만!

운현은 처음부터 속전속결을 그렸다.

"막아라! 아니 길을 뚫어!"

운현을 둘러싸던 사파 무인들의 형상이 바뀌었다.

처음은 그들이 운현과 청룡검대를 포위하는 형상이었다면 이제는 그 반대. 사파의 무인들이 앞뒤로 둘러싸이는 형상이다.

되레 그들이 포위됐다. 사파의 무인들을 정파의 무인들이 모두 막은 형상이다.

도망을 생각하는 것.

형세가 크면 누구보다 포악해지나, 기울어지면 실용을 따져 살길을 도모하는 그들의 특성상 당연한 이야기다. 욕할 건 없었다.

'나라도 그리했다.'

맹주 탁운과 의미는 달랐겠지만, 운현 또한 아군이 위기에 처했더라면 자신의 명예를 버려서라도 도망을 도모했을 거다.

자신도 같은 선택을 할 테니 욕을 할 이유는 없다. 다만.

'기회는 주지 않는다.'

처음부터 그들에게 기회를 줄 생각은 없었다. 도망이라니. 최고의 수를 준비해 내고, 성공했는데 그런 기회를 줄 필요 있겠는가.

'여기서 죽인다.'

화아아아악─

주변에 퍼져 있던 살기들이 한데 뭉치기 시작한다. 운현을 향해서다.

퍼져 있던 살기가 밀집되니 그 기운이 더욱 커진다. 죽음을 부르는 살자(殺者)라도 이곳에 내려온 듯했다.

운현은 기운을 숨기지 않았다. 되레 더 증폭했다.

우우웅─

그의 의지와 함께 끓어오르는 기운의 강렬함이란! 주변을 압도하고 모두의 시선을 끄는 데 충분했다.

"무량수불⋯⋯."

사파의 무인들에게 검을 휘둘러 가는 무당의 무인들조차

잠시 당황할 정도의 거대한 살기였다. 허나 운현은 그들을 신경 쓰지 않았다.

처음부터 끝까지. 그가 노리는 자는 하나였다.

"맹주! 탁운!"

파악!

땅을 짓친다. 그의 발아래 있던 땅이 팬다. 아예 땅 자체가 으깨져 버린다. 어마어마한 힘! 그 힘을 반동삼아 움직인 운현은 순식간에 튀어 나간다.

목표인 탁운을 향해서였다!

쒜에에엣!

*　　　*　　　*

순식간이다. 오래 걸릴 것도 없었다. 수십 장의 거리조차도 순식간에 짓친다. 순간이동 하듯 이미 운현은 도달해 있었다.

'벤다.'

살기를 형상화한다. 뽑아진 검은 순식간에 검강이 덧씌워진다.

쾌검인가? 아니. 뽑아드는 것이 빨랐을 뿐이다. 휘두르는 데는 힘을 더 실었다. 두터운 검강에 살이라는 의지를 심는다.

그대로 휘두른다!

후아앙! 쾅!

휘둘러진 검이 닿을 곳. 뻔하지 않은가. 탁운을 향해서다.

용케도 막았다. 이미 세웠던 검강을 들어 검을 막는 것은 무리도 아니다.

"……큿."

하지만 손해를 본 쪽은 확실히 탁운이었다.

검을 휘두르면서 힘을 소모했던 쪽과 때를 기다려 검을 휘두르는 쪽의 차이는 극명할 수밖에 없었으니까!

검이 오고간다.

후우웅— 콰즉!

후우웅— 후웅—

끊임없이 휘둘러진다. 휘둘러지는 검에 쉼은 없었다.

호흡의 간극조차도 촌각이 채 되지 못했다. 연속된 휘두름은 끊임없이 탁운을 압박해 들어간다.

"……."

소리를 지를 새도 없다. 시뻘게진 눈으로 운현의 검을 쫓느라 바빠진 탁운이다. 운현도 오로지 탁운의 검에 집중을 한다.

처음 선공에서부터 제대로 호흡을 먹고 들어갔다. 상황이 확실히 운현에게로 기운다.

그 기울어진 상황을 끊임없이 자신의 것으로 하기 위해 집중한다. 많은 희생. 심력. 힘을 소모해서 만든 상황이다. 여기서.

'죽인다.'

적의 수뇌. 현 상황에서 암화를 제외한 가장 핵심이랄 수 있는 탁운을 벤다. 그 마음가짐 하나로 침잠해 들어간다.

휘둘러지는 건 오직 검뿐.


콰아아앙!

"죽여!"

살기가 흩날리고, 무인과 무인이 부딪친다. 죽이고 죽인다. 산 자가 죽은 자를 만든다.

"사, 살려……."

콰즉.

"컥!"

죽어가는 자에게 확실한 죽음을 선사해 준다. 생과 사. 그 둘이 교차하는 그 가운데에서도 오로지 탁운만을 노리는 운현이었다.

"죽어!"

그의 검이 또다시 휘둘러진다.

　　　　*　　　*　　　*

　후우우웅—

　자신에게 다가오는 검을 탁운은 기어이 막는 데 성공했다.

　우욱.

　아래에서부터 끓어오르는 기운. 탁한 기운을 용케도 통제
해 낸다.

　'빌어먹을!'

　암화로부터 얻어낸 기운. 탁운 자신을 맹주위에 어울리게
만들어 준 것이 바로 이 기운이다. 그것이 지금 이 순간에도
주인인 탁운을 잡아먹으려 든다.

　'아직. 아직이다.'

　허나 그걸 용케도 통제해 낸다. 본디 가졌던 내공보다도
훨씬 많은 기운이지만 어찌어찌 통제를 이어나간다.

　그 통제를 이용하여 검강을 만들어 내고 유지한다. 설사
깨달음은 운현보다 부족할지 몰라도, 어마어마한 내공으로
상황을 이어간다.

　통제가 잘 되지 않으나, 들끓어 오르면서 계속해서 커져가
는 이 기운은 적어도 당장 탁운을 살게 해 주었다.

　그렇게 버텨 가는 탁운이었다. 그의 머릿속에 가득한 것은.

‘당했다.’

후회와 당황이다. 이렇게 제대로 허가 찔릴 줄이야.

자신이 운현을 잡아 무림을 일통하는 것을 꿈꿨지, 이렇게 허무하게 밀리는 상황은 꿈도 꾸지 않았다. 상상도 못 했다.

‘……처음부터.’

처음부터 상대는 전력이었다. 안일했다. 자신 또한 전력으로 나서야 했다.

땅에서 기어도, 시체 밭에서 굴러먹어도 어떻게든 해내야 하는 것이 사파 무인 아니었던가.

정파 무인에 비해서 강하다 할 수 있는 건 근성뿐. 소위 말하는 악다구니 하나로 살아남아야 하는 게 사파인 아닌가.

그런 사파인을 이끈다는 맹주씩이나 된 주제에 제대로 움직이지 못했다. 아니 움직이지 않았다.

그러니 후회가 가득할 수밖에 없다.

‘후…….’

인정사정없이, 더 밀어 붙여야 했다. 암화와 줄다리기하기보다는 제대로 전력부터 꺼내야 했다는 생각이 탁운의 머릿속에 가득했다.

‘살아야 한다.’

여기서 죽을 수는 없었다. 여기서 죽어서야 한으로 눈도 감지 못할 거다. 저승에 가기 전에 한이 맺혀 원귀가 되겠지.

원귀가 되어.

"……."

자신에게 무지막지 검을 휘둘러대는 운현에게 들러붙는 것도.

'퍽이나…….'

꽤나 좋은 생각이 될지도 모르지만 죽는 건 이쪽에서 사양이었다. 죽어서 원귀라니. 퍽이나 웃긴 생각이다.

그런 허접한 생각보다는 더 좋은 생각이 있지 않은가.

'찾아야 한다.'

살길을 도모해야 했다. 어떻게? 당장에 생각해 내야 했다.

후우우웅—

휘둘러지는 검은 여전히 쾌속. 운현이 흩뿌리는 살기는 계속해서 농밀해지고 있는 상황이다.

고오오—

단전 아래에서부터 들끓어 오는 기운이 계속해서 자신을 잡아먹으려고 하는 건 덤이다. 이 상황에 길게 가야 자신이 손해다.

뒤는 생각할 것도 없다. 자신만 살면 됐다.

"맹주님!"

"크아아아악!"

어차피 죽어가는 저자들이 지금 중요한 게 아니었다. 저 전력이 사라지는 건 뼈아프지만, 방법은 있다. 최후의 방법.

'다 죽는 방법이지.'

자신이 무림을 얻지 못할 것이라면 그 무림을 전부 죽여 자신만 남는 것도 방법이지 않겠는가. 그를 위해서라도.

'……살아야 한다.'

살기 위해서 탁운의 눈이 빛난다. 빛나는 그의 눈이 그가 살 방법을 찾아낸다. 반짝 빛나는 눈빛으로 탁운은 외쳤다. 살길을 도모하기 위해서.

"대주!"

　　　　　*　　　　　*　　　　　*

'못난 놈이…… 결국 여기까지.'

그가 부름을 받았다. 탁운이 아닌 다른 자에게 충성을 바치는 대주였다. 그러나 충성을 바치지 않는다 해서 머리가 나쁜 건 아니었다.

되레 그가 더 뛰어났다. 시간만 더 있었더라면, 대주인 그가 사혈맹을 차지했을지도 모를 일이다.

방법은 많았다.

지금까지 그랬듯 침투를 해서 차곡차곡 올라가는 방식도 있다. 그도 아니면 암화에서 키운 무인들과 함께 새 세력을 만드는 것도 무리도 아니었다.

정파의 영역이라면 되레 힘들었을지 모르지만, 약육강식 이라는 말이 잘 들어맞는 곳이 사파기에 가능한 이야기다.

꽤 멋들어진 일대기가 됐을지도 모른다.

하지만 그런 것들이 무슨 소용이랴. 이제 와서는 아무런 소용이 없는 일이다.

'차라리…….'

처음부터 방법을 잘못 선택했을지도 모른다는 생각이 암검대주의 머릿속을 스쳐 간다.

"어딜! 잔수를!"

"닥쳐라!"

소리치며 검을 휘두르고, 손으로는 장력을 날리고 있는 자. 모두의 중심에서 신화 속에 나오는 듯한 무위를 내뿜고 있는 운현.

탁운이 제법 잘 막아내고 있지만 누가 봐도 우위는 운현 이었다.

이대로라면 맹주가 죽을지도 몰랐다. 암화에서 수단 방법 을 가리지 않고 내력을 심어 줬음에도 저런 식이다.

'진정 하늘이 내렸나.'

내력에 잡아먹힐 걸 감수하면 대주 그 자신이라도 상대키 힘든 자가 탁운인데도, 운현은 내내 밀어 붙인다. 자신이 잡은 공세의 흐름을 놓지를 않는다.

　그런 운현을 보고 있노라면 전혀 다른 방식으로 암화가 컸을 수도 있을지 모른다는 생각이 스쳐 지나갈 수밖에 없었다.

　계속해서 처음부터 다른 방식을 선택했어야 하지 않나 하는 생각이 스쳐 지나간다.

　암화의 핵심에 있으면서 암화가 어떻게 세력을 키워갔는지를 알기에 더욱 그런 생각이 들 수밖에 없으리라.

　'……아니. 아니다.'

　허나 사람은 후회만 하기보다는 다른 걸 택하는 존재 아닌가.

　'내가…… 꺾으면…….'

　가능성은 없더라도. 한없이 낮더라도 운현을 그가 꺾어내는 데 성공한다면?

　그때는 운현보다 암화가 더 낫다는 것을 증명할 수 있을 것이다.

　비약? 말도 안 되는 궤변인 걸 모를 리가 없지 않은가. 바보는 아니니까. 하지만 때로는 바보가 아니라도 바보 같은 생각을 하고 선택을 하는 법이다.

게다가 상황을 보라.

"대주! 어서!"

저 멍청한 맹주. 맹주가 원하는 것이 훤히 보이지 않은가.

'여기가…… 자리인가.'

저 찾지도 않은 대주를 찾는 목소리. 같이 협공을 하자는 소리가 아니다. 필사라는 의지가 눈빛에 깃들어 있지 않다.

맹주 탁운의 눈빛은 죽기를 각오하는 눈빛이 아니라, 살 길을 도모하는 눈빛이다. 이런 짓을 해놓고도!

자기가 대신해서 죽어달란 소리다. 운현을 상대하란 거다.

둘이서 운현을 상대한다면 둘 다 살 길을 도모할 수도 있을지 모르건만! 저자는 처음부터 끝까지 자신만을 생각한다!

사파의 무인에 딱 어울리는 모습일지도 모른다. 아니, 사파 무인도 진짜배기라면 저러지는 않는다.

처음부터 저런 자를 선택하지 말았어야 했을지도 모른다. 하기는 기회주의자면서 동시에 자신만을 위하는 자이기에 '그것'들을 깨울지도 몰랐다.

난리가 나겠지.

마음에 들지는 않는다. 저런 자를 위해서 목숨을 버리는 것 따위. 맞지도 않은 짓이지만.

'어쩔 수 없다.'

암화를 위한 일이라고 생각한다면 모진 목숨을 버리지 못

할 것도 없다. 다만 암화의 뜻에 끝까지 함께하지 못한 것이
아쉬울 뿐.

'스승……님.'

자신을 스승으로 부르지 말라던 자. 그를 위해서라도. 이
이상한 상황을 끝내기 위해.

"……."

전장 속에 침묵을 만든다. 모두가 검을 휘두르고 서로의
생과 사를 가르는 와중에 그만의 공간을 만들어 낸다.

홀로 고고하게 존재하는 듯 가다듬는다.

처어억.

대주. 그가 검을 고쳐 잡는다. 고쳐 잡은 검에는 그의 간
결함과 의지, 그 모든 것들이 담겼다. 아니 씌었다.

'……후회는.'

많아도 너무 많은 후회를 하지만 어쩌랴. 다음 생이 있다
면 좀 더 낫기를 기대하면서.

고쳐 잡은 검에 기운을 불어 넣는다.

우웅—

애검도 그의 뜻을 아는지 평소와 다른 울림을 낸다. 짧고
굵다. 같이 가자는 의미일는지도 몰랐다.

'가 보자.'

대주가 몸을 날린다.

＊　　　＊　　　＊

'온다.'

대주라고 고래고래 소리를 질렀는데 그 의미를 모를 수가 있겠는가.

'사람이 위기에 처하면 본모습이 나온다고 하더니…….'

위기에 처한 맹주 탁운은 생각보다는 얕은 사람이다. 이 얕은 사람이 어디서 저 끓어 넘치는 기운을 얻었을지 모를 일이다.

'암화겠지만.'

저런 기운을 가지기 위해서는 대가를 꽤 지불해야 했을 터다. 세상에 거저먹는 것은 없으니까. 그 대가를 어찌 지불했을지 상상도 가지 않는다.

어쨌거나 그는 바보가 아니기에 암검대주가 어찌할지를 알았다.

바로 지금!

그가 검을 들고 몸을 날려 이곳에 도달하고 있다! 금방이다!

죽이기 좋은 날 아닌가? 환영식 정도는 거나하게 해주는 것도 나쁘지는 않을 터다.

화아아악!

위에서 아래로 휘둘러지는 검. 운현의 검에 맺혀 있던 검강이 흐트러진다. 조각조각 나듯이.

"오!"

그 장면을 본 탁운의 눈에 희열이 맺힌다.

그가 무엇을 상상하는지는 뻔했다. 검강이 깨어졌다고 상상한 것이리라. 자신의 내력이 운현보다 우위에 있을 거라 생각한 거다.

일반적으로 그런 생각을 하는 것도 무리는 아니다. 하지만 운현이 허술할 리도, 경지가 얕을 리도 없지 않은가!

까드드득—

깨져버렸던 검강이 주변으로 파삭하고 흩어진다.

흩어진 검강은 자연으로 환원되지 않았다. 깨진 지금까지도 운현의 의지를 따르고 있었다. 자연으로 돌아가는 것이 더 이상했다.

깨어진 검강의 조각들은.

"……받아라."

"미친! 검환……! 대체……."

구체를 형성한다. 하나, 하나가 검강이었던 조각들이 기로 이뤄진 환으로 바뀌는 것은 순식간의 일이었다.

하나도 아니고 여럿. 찢어진 조각들이 전부 환을 형성했다. 주변의 기운을 빨아들이면서 커지기까지 한다.

저것은 검환이라기에는 상식을 초월하는 그 무언가였다.

'응용일 뿐이지.'

운현은 단지 쉽게 응용했다 여기지만, 그걸 바라보고 있는 탁운으로서는 맥이 탁 풀릴 지경이다.

지금 이 순간 전장에서 여유가 있던 자들은 모두 놀라 운현의 무위를 달리 보고 있을 정도였다.

'……어떻게.'

전혀 새로운 것을 만들어 낸 주제에도 운현은 여전했다. 그가 원하는 것은 오로지 하나뿐. 그가 읊조렸다.

"죽어."

운현의 말이 끝나는 순간.

쓰아아아악!

공기를 쪼개고, 주변의 기운을 빨아들이면서 커지기 시작한 검환이 날아간다.

소나기라도 되는 듯 흩뿌려지는 검환의 움직임은 저 멀리 북해에 있다는 극광의 조각을 보는 듯했다.

쏘아진 검환이 탁운을 향해서 쏟아진다!

第二章
본능

"미친 새끼가!"

처음엔 두려움, 그 다음에는 어떻게든 살아남겠다는 생존 본능이 발동한다. 도망치고자 하는 의지보다는 훨씬 나았다.

파앙! 파앙! 팡!

검을 휘둘러 검환을 상대한다. 살아 움직이는 듯한 덩어리들을 벤다.

쓰아아악!

베고도 남은 검환은?

'버틴다!'

달리 수가 있겠는가. 몸으로 버틴다. 죽을 생각은 아니었
다.

우우웅──

대신에 자신의 온몸에 있던 기운을 끌어 올렸다. 그 모든
기운을 사지백해로 퍼트린다.

탁운으로선 도박이다.

자신의 몸을 잡아 먹으려고 한사코 노리고 있는 기운을
자신의 의지로 온몸에 퍼트린 꼴이다.

"으으……."

온몸에 한기가 몰아친다. 동시에 열기가 몰아친다. 모순
된 일이 몸 안에서 일어난다. 하지만 이 기운은.

'진짜다.'

파괴를 하기 위해서 태어난 기운이었다. 처음부터 끝까지.
그 기운을 자신의 몸에 담았을 뿐이다.

그러니 이 파괴의 기운은.

파아아아아앙!

운현의 검환을 막아내는 데 무리는 없었다! 검환을 자신
의 몸으로 버티는 데 성공한다!

그 모습을 본 운현의 눈이 잠시 부릅떠진다.

'……어떻게?'

저런 수는 상상도 하지 못했다.

그 사이. 달려오던 대주가 운현의 바로 앞까지 도달해 있었다.

'우선은.'

바로 앞에 있는 자부터 처리하는 게 순리. 원리 따위 나중에 밝혀내면 된다 여기며 운현은 미리 준비해 놓았던 것을 꺼내들었다.

그의 검이 아니었다. 그의 손에 맺혀져 있던 기운이었다. 검강을 만들어 낼 당시에도 같이 준비했던 한 수였다.

바로 지금! 달려오는 대주를 위하여!

스으으—

일류의 살수가 날리는 암기라도 되는 것처럼 얇게 펴진 기운이 대주를 향해서 쏘아져 나간다.

어찌될까?

"……."

탁운과 달리 침묵하는 대주. 그가 검을 고쳐 잡는다.

＊　　＊　　＊

콰즉—

용케도 봤다. 투명한 기운이 깨어져 나간다. 스스로 빛나는 조각에 빛이 산란한다. 요요한 광경이다.

그 광경을 즐길 새도 없었다.

운현이 대주를 향해 쏘아져 나가고 있으니까. 한 수 다음 바로 한 수가 그를 기다리고 있었다.

'……호흡도 없군.'

대주는 운현의 암수를 막는 데 힘이 소모됐으나 달리 다른 수가 없었다. 상대의 공격을 막아내야만 했다.

손해는 보겠지만 끌려다닐 수밖에 없었다.

운현은 공격이 최선의 방어라는 말을 제대로 실행하고 있는 셈이었다.

파앙!

그대로 검이 부딪친다. 검환들을 흩뿌려 놓고도 잘도 검강을 또 만든 운현이었다.

두 번째 형성하는 검강이니 힘이 달릴 만도 하건만 그도 아니었다.

"크읍……."

막아야 하는 대주의 입장에서는 자신도 모르게 신음이 나올 정도였다.

순식간에 공방이 이뤄진다. 전에 이뤄졌던 공방전이 재현되는 듯했다. 다른 점이 있다면, 이번에는 대주가.

'틈이 없다.'

운현과 전투를 벌이며 배우고 성장할 그 틈도 없다는 것.

운현은 속전속결을 원하는 듯했다. 그도 아니면 암검대주의 검으로부터 그 또한 무언가 배운 것이 분명했다.

그 사이에서 암검대주도 잘도 검을 휘두르고 있었으니!

'괴물······.'

'······말이 되나.'

서로가 서로를 괴물이라고밖에 생각하지 못할 공방이 쉼 없이 이뤄진다.

콰아아앙―!

한 번의 공방이 이어질 때마다 빛이 흩뿌려지며 산란한다. 그 깨어진 빛이 주변의 풍경을 바꾸는 건 덤이었다.

이 전장에서 오로지 둘만이 있는 듯한 상황이다. 계속되는 공방은 신화 속 모습을 재현하는 듯했으나.

번뜩. 전장에서 오로지 운현에만 집중하던 대주의 머리에 하나가 스쳐 지나간다.

'······탁운은!?'

맹주 탁운. 그가 검환을 막아내는 걸 봤었다. 내력을 한껏 끌어올려 금강불괴라도 되는 듯 몸으로 막아내는 기행을 보였다.

금강석도 쉽게 깨버리는 것이 검강. 그걸 뛰어넘는다 하는 게 검환인데 그걸 상대로 잘도 버텼다.

암화에서 얻은 내력이 없었더라면 불가능한 일일 거다. 후에 부작용이 있겠지만 분명히 좋은 선택이다.

막고 나서 타격이 있으니 조금의 시간은 필요로 할 터. 그렇다 해도 이 상황에 몸만 추스르고 있을 수는 없지 않은가!

'이쯤이면…….'

이 상황, 이 시간이라면 어서 몸을 수습하고 자신이 운현을 상대하는 동안 운현의 뒤라도 쳐야 하지 않는가!

혼자라면 몰라도 둘이라면!

둘 모두 검강을 쓸 수 있고, 운현과 한 끝 차의 무력이라면 탁운과 대주 둘이서 운현을 상대할 수 있을 게 분명했다!

서로 마음에 들지 않는 대주와 탁운이지만 지금만큼은 협공이 최선의 선택이었다.

허나 얼핏 본 탁운은.

"……맹주!!!!!!"

협공은커녕 협곡 아래가 제집이라도 되는 듯 쏜살같이 튀어 내려가고 있는 모습이었다.

저 선택을 할 줄은 알고 있긴 했다. 그 자신이 나가는 대신 죽어라 저를 불렀을 때부터!

"역시……."

그 순간 들려오는 목소리에 대주가 운현을 바라본다.

"목숨을 버릴 가치가 있다 생각하나?"

"……."

운현의 말에 대답 대신 검을 고쳐 잡는 대주였다.

모든 걸 놓은 듯했다. 그 대신의 결과로 대주의 검에는 전보다 강한 기운이 깃들었다.

몸에 남아 있는 선천진기라도 끌어다 썼을지도 모를 일이다. 아니면 달리 수가 있거나.

운현의 질문에 대한 그의 대답이 되기엔 충분했다.

"……그가 아닌 암화를 위해서다."

"후……."

어떤 선택인지는 알았다.

'대체 어떤 이이기에.'

그 암화의 주인이란 자가 누구기에 이리도 많은 자들이 목숨을 바치는지 궁금할 따름이다.

사람을 현혹시키는 것도 재주라면 분명 암화의 주인이 최강의 자리에 있을 게다. 운현이 아는 것만 해도 몇 개의 수를 써서 사람을 꾀고 이용했다.

대단했다.

참으로 대단한 이다. 그 대단한 주인의 낯짝을 보고 지금까지 저질러 온 일의 죗값을 받아내고 싶을 정도로.

급할 건 없다. 어차피 곧.

'볼 수 있다.'

그를 보기 전에 처리해야 할 자들이 남아 있을 따름이다.

우선은 눈앞의 대주부터다.

"가지!"

운현의 신형이 대주를 향해서 쏘아진다.


＊　　　＊　　　＊


'빠르게 처리한다.'

'어떻게든…….'

대주와 운현의 전투. 빠르게 끝내려는 자와 자신의 목숨을 걸고서 발목을 잡으려는 자. 동상이몽 속에서 벌어진 치열함이란!

스아아악— 콰아아앙!

치열하게 공방이 오고간다. 아래에서 위로. 위에서 아래로. 때로 일반적으로는 그리지도 못할 곡선으로 검이 그어진다.

검강이 부딪치며 폭발음이 비산하고, 그 충격음에 주변이 으깨진다.

으깨진 기운마저도 자신의 의지하에 두며, 호흡 하나하나로 기운을 끌어들인다. 끌어들인 그 기운으로 다시금 적에게 살기를 곤추세운다.

죽이고자 하는 마음. 버티고자 하는 마음. 죽음을 각오한 마음. 치열함. 살기. 공방을 위한 쉼 없는 계산.

둘이지만 여러 생각과 짙은 오고감 속에서 이어지는 공방의 열화란!

공방 하나하나가 가르침이라 하기에 부족함이 없을 정도며,

"화······."

"미친!"

지금 이 공간 아래에서 무엇을 하고 있었는치를 잊을 만큼 격렬하고 깊었다.

무인이기에, 검 하나 들어 세상을 호령하려는 꿈 한번 안 꿔본 자가 없었기에 더더욱 깊이 빠져드는 것일지도 몰랐다.

모두가 알았다.

저 아래로 도망가고 있는 탁운. 그가 두고 간 대주. 그자가 어찌 분투하느냐에 따라서 이 전투의 결과가 달라질 수 있음을 알았다.

목숨 하나 놓고 사는 사파의 문인들이기에 계산이 더욱 빨랐을지도 모르겠다. 지도자인 탁운이 도망감에 가속화되기도 했다. 무엇이?

"혈화대는 맹주를 따른다."

"명!"

"여기로! 여기가 얇아! 그쪽은 죽는다!"

"어딜 가나!!"

"피햇!"

혈화대주는 그대로 살길을 마련한다.

대주가 된 지 얼마 되지 않은 주제에 혈화대를 마지막까지 찾는 것을 보면 그가 탁운보다 나았다. 적어도 그는 책임질 줄 알았다.

혈화대가 모여들었고, 혈화대주의 뒤를 따랐다. 혈화대주는 상황이 우습게도 탁운의 뒤를 따를 수밖에 없었다.

'이런 상황에서는 그의 판단이 가장 낫다.'

여우인 탁운을 왕이랍시고 모신 것도 우습기는 하지만, 적어도 그는 바보는 아니었다.

되레 이런 도망을 가는 길에는 여우같은 자가 탁월했다. 그가 가는 길을 따르는 것이 일단은 사는 길이라고 여긴 혈화대주였다.

"맹주! 같이 가오!"

"……."

\*　　　\*　　　\*

수없이 많은 자들이 빠져나가기 시작한다. 패색이 짙어지자, 지금까지 있던 사기들이 순식간에 사라진다.

처음 운현의 뒤를 쫓아 상대를 할 때의 패기는 어디로 가고 다들 순한 양이 됐다.

늘대가 되는 쪽은 정파의 무인들이었다.

처음 당한 치욕을 되갚아 주기라도 하는 듯 청룡검대 무인들과 의방의 무사들은 분노에 차 검을 휘둘렀다.

형성했던 방진은 공격을 위한 진으로 변형된 지 오래였다.

운현이 달리 명을 내리지는 않았지만, 지금 이 순간 어찌 움직여야 할지 모르는 바보는 단 하나도 없었다.

모두가 살아 움직이는 유기체라도 되는 듯 알아서 움직였다.

"……컥."

죽일 자를 죽이고.

"여기는 추격을 맡지."

"뒤는 걱정 말게."

일부는 도망치는 자의 뒤를 쫓기 시작했다. 쫓고 쫓기는 추격전이 순식간에 만들어졌다.

다만 이번에는 항시 숨어드는 암화처럼 지루한 추격전을 벌일 상황은 아니었다.

"오, 온다……."

"더, 더 빨리!"

바로 앞에 죽자 살자 도망치기 시작한 순한 양 떼가 된 사혈맹의 무사들이 있지 않은가. 저들이 먹잇감이다.

눈앞에 만찬처럼 차려져 있는 저들을 잡으면 될 일! 지루할 틈도 없이 모두 추격하고 쫓는다.

금방 사혈맹의 무사의 뒤를 쫓는 데 성공하면?

푸우우우욱—

"……크아아아악!"

그 뒤는 인정사정없는 공격이 이어졌다. 검으로 베고, 찌른다. 그도 모자라 순식간에 회를 쳐버리는 자도 있었다.

순식간에 많은 이들이 쓰러져 간다. 죽음을 맞이한다.

차라리 공방을 계속해서 벌였더라면 이렇게 허무하게 사파 무사들이 죽지 않았을지도 몰랐다.

무당의 무인들이 왔다고 해도 그들도 두 손을 가진 자들이다. 압도적인 무위가 있지 않고서야 한 번에 둘, 셋을 상대하는 게 한계다.

한 번에 여럿을 상대하는 것도 대단한 일이긴 하지만, 사파의 무인들도 그만큼 수가 많았다.

차라리 분전을 벌였더라면 상황이 좀 달라졌을 거다.

하지만 성세가 기울기 시작하고 도망을 택한 그들이 아닌가. 완벽하게 밀리기 시작할 수밖에 없었다.

죽이고 죽는다. 용케 덤벼드는 자도 몇 있으나, 죽는 쪽은 사파의 무인들이 다수가 됐다.

"더! 더!"

"허억…… 헉…….”

뒤로는 방금 전까지만 하더라도 자신의 동료였던 자들을 그대로 둔다. 그자들의 죽음을 제물로 하여 자신들이 살 시간을 번다.

청룡검대가 사파인을 베기 위해서 검을 휘두르고, 살기 위해서 덤벼들기 시작하는 사파인. 그 짧은 격돌의 시간.

그 시간들이 모여서 앞에서부터 도망가기 시작하는 사파 무인들이 살 시간을 만들어줬다.

그렇기에 제물인 것이다.

같은 사파인들을 버려서 살아남은 것이니까. 그런 주제에도 대다수는 자신이 살아남음에 기뻐했다. 당장 살 수 있음에 환호했다.

아군이 죽어, 자신이 살아남을 가능성이 올라감에 희망을 가졌다.

\*　　　\*　　　\*

허나 그 희망도 허무하게 흐트러질 희망이었다.

상황은 사파 무인들에게 좋지 못하게 흘러가기 시작했다.

"허허……."

"마무리를 해야 하지 않겠습니까?"

"이건 학살이나 다름없을 수도 있잖소."

"하나를 죽여 열을 살릴 수 있다면 가야겠지요. 그게 신의의 뜻이었지 않습니까."

"무량수불……. 어쩔 수 없구려. 가지요."

"이쪽은 동쪽을 맡겠소이다."

가만 바로 앞에서 적들을 상대하기 시작하던 자들. 무당파의 무인들과 제갈세가의 무인들이 좀 더 적극적으로 움직이기 시작하자 상황이 다시금 급변했다.

자비라는 이름하에 손속에 잔인함만은 깃들지 않던 그들이다. 허나 그들이 자비를 버리는 순간 그들은 맹수라 말하기에 부족함이 없었다.

"……어억!"

늦게 움직이기 시작했음에도 순식간에 청룡검대와 의방 무인들을 따라잡았다.

그들이 수가 부족해 미처 가지 못한 곳을 채우기 시작했다.

마음을 먹는 것이 문제이지, 일단 마음을 먹기 시작하고 움직인 무당과 제갈의 무인들은 가차 없었다.

베고. 베고. 또 벤다.

안 그래도 줄기 시작했던 사파 무인들의 숫자가 더욱 빠르게 줄기 시작했다.

　살 수 있다고 희망을 가졌던 자들의 수는 더더욱 줄어들
었다

　"쫓아!"

　"왕아의 복수다!"

　뒤에는 자신들을 죽이고자 쫓는 저승사자의 발걸음이 더
욱 가까워진 지 오래다. 거기서 살아남을 희망을 가지는 것
자체가 무리였다.

　그나마 희망이 있는 쪽은.

　"맹주. 어디로 가면 되오?"

　"……."

　가장 앞서 달리기 시작한 선두. 탁운. 대주에게 무슨 명을
들었는지 소수나마 남아 맹주를 따르기 시작하는 암검대 정
도였다.

　"맹주!"

＊　　　＊　　　＊

　모두가 사라졌다. 모두의 시선이 곧 한군데로 집중됐다.
운현과 대주. 누군가 끼어들기엔 그 수준이 너무도 아득한
둘만의 대결이 남아 있다.

남아 있는 자들은.

"……"

"……"

아무런 말도 없이 그 둘이 대결을 이어갈 만큼의 공간을 두고 둘러쌀 뿐이었다.

고수들의 대결. 자신들은 감히 흉내도 낼 수 없는 드높은 경지에 배움을 청할 뿐.

달리 다른 생각을 할 수 있는 자는 여기서 아무도 없었다.

콰아아앙—!

그 집중된 시선에도 아랑곳하지도 않고 폭음이 가득한 가운데에서 둘의 대결은 끝없이 이어져갔다. 아니 끝이 없는 것 같기만 했다.

절정.

절정을 맺으면 그 뒤는 내리막길을 걸어야만 할 텐데도. 무언가에 취하듯 이 둘은 끊임없이 절정을 향해 갈 뿐이었다.

쉼이 없었다. 오로지 위로. 또 위로.

'대단하군.'

이쯤 되면 운현으로서도 인정을 할 수밖에 없었다. 저자. 암화에서 키워졌음이 분명한 대주는 지금 이 순간에도 성장해 나갔다.

검 한 번의 휘두름에 다른 자가 백 번은 더 휘둘러야 얻을 만한 깨달음을 녹인다.

목숨을 걸고 선천진기를 풀어냈음에도 불구하고, 어디서 나오는지 모를 힘을 끊임없이 뽑아낸다.

내력이라고 하면 어디서 뒤지지는 않는다 생각했던 운현 으로서도 당장 보여 주고 있는 대주의 모습은 인정을 할 수 밖에 없었다.

'의지다.'

정확히 인정하는 것은 그 의지. 초인적인 의지가 없다고 한다면 지금 당장 이리 버티는 것은 불가능했을 거다.

스아아악! 차악.

서로의 검이 부딪쳤다. 이번은 검의 부딪침이 달랐다. 부 딪침 뒤에 연이어서 검이 부딪쳐 온다.

허나 이번엔 한 번의 부딪침 뒤에 서로 거리를 벌렸다. 운 현이 뒤로 물러난 덕분이다.

"후읍……."

"……."

암검대주의 입장에서는 다행이었을 거다.

그동안 계속해서 운현에게 말려들어 갔다. 숨 돌릴 틈이 있을 리가 없었다. 운현이 잠시 거리를 벌린 덕분에 호흡이 나마 고를 수 있게 된 대주였다.

"이쯤하면 될 텐데? 맹주도 무사도 전부 도망갔다."

"……."

운현의 말에 대주가 주변을 휘 돌아본다. 운현의 말대로 남은 건 대주 하나뿐이었다.

그를 둘러싸고 있는 전체. 아까와 같았다. 모두 정파의 무사들이다. 전투는 끝이 났고 정파 무인들의 대승으로 끝났다.

대주라면 그 상황을 한눈에 파악할 수 있을 게다. 그럼에도 그는 여전히 말이 없었다.

"……."

검을 다시 고쳐 잡을 뿐이었다. 마지막의 마지막까지도 대주는 여전했다.

'역시…….'

하기는 그가 생각을 바꿀 거라고는 운현도 생각하지 않았다. 어차피 죽음을 각오한 눈빛인 것을 확실히 읽었었다.

그의 초인적인 의지를 인정하는 마음에서 아주 잠깐 물어본 것일 뿐이다. 어쩌면.

'변덕일지도 모르지.'

어느 쪽이든 어찌하랴. 운현도 덕분에 잠시나마 호흡을 돌릴 수 있었다.

대주도 운현도 숨을 돌리고 남은 것은 하나.

"오게!"

"……기꺼이."

마지막 결착을 지어야 했다. 적어도 이 공간 아래서의 결착을!

第三章
하나의 결착!

화아아악—

기운이 증폭된다. 하는 일은 같다. 베어 들어간다. 베고 또 벤다. 그 속에 의지를 담고 자신의 기운을 담는다.

"……."

"…… 핫."

잠시간의 비어져 나오는 숨소리만이 그들이 내뱉는 최소의 대화다. 아니, 대화가 필요 없기도 했다. 이미 서로의 검을 나누며 대화는 충분히 하고 있었다.

뜻은 달라도, 살아온 환경은 다를지라도 검에 목숨을 바쳤다 하기에 충분한 자들이다. 검으로 대화하는 것. 모든 대화가 되기에 충분했다.

베어내고. 막고. 서로의 허점을 노리던 가운데.

'변화다.'

다름을 만들어 내는 쪽은 운현이었다. 서로의 대결이 길어지는 만큼 전투도 정형화될 수밖에 없었다.

서로가 서로를 읽었기 때문이다.

자신이 중검의 초식을 사용해 내면, 대주는 쾌검을 응용해서 피해 낸다.

대주가 허를 찌르고 쾌검으로 찌르고 들어오면, 운현은 환검으로 대주를 교란시킨다. 농락한다. 그 뒤에 먼저 찌르고 가는 건 다시 운현이었다.

공방이 끝없이 오고 갔으니, 서로의 방식에 점차 익숙해져 가는 것도 무리는 아니다.

그러다가 변화를 주었다.

스아아아악—

운현의 검이 휘둘러진다.

본디라면 무거운 중검을 내민 뒤에, 쾌검으로 변화하여 틈을 찌르고 들어갔을 거다.

"……."

대주도 분명 그리 반응했다. 그 사이 운현의 허를 찌르고자 운현의 쾌검을 막을 다음 수까지 생각을 했다.

한 번에 몇 수를 생각한 거다.

몇 수의 생각. 고수끼리의 대결이라면 당연한 이야기다. 바둑을 두는 자들은 한 수를 보고 이미 수십 합 뒤를 생각한다고 하지 않던가.

같은 이치. 대주 또한 운현이 지금까지 움직여 온 방식을 보고 수를 읽었다. 대응을 하려 했다. 이 정도면 될 거라고 생각했다.

이 정도면 막아내고.

'이 다음에······.'

자신 또한 새로운 수를 사용해서 운현을 베면 될 것이라 여겼다. 그 정도면 운현의 허를 충분히 찌를 수 있을 거라 생각했다.

대주도 나름 다음의 수를 봤다. 하지만.

푸우우우욱──

대주가 다음 수를 사용하기도 전에 섬뜩하리만치 깊은 울림을 내며 찌르고 들어오는 운현의 검이 있었다.

"······큭."

대주의 눈이 부릅떠진다. 갑작스런 고통. 너무도 큰 패착에 자신도 모르게 놀란다.

왼팔에 운현의 검날이 제대로 박혔다. 삼분지 일쯤이 전부 박혀 조금만 더 깊었으면 가슴팍에 박혀 들어 왔을지도 모를 일이다.

순간적으로, 본능적으로 느껴서 움직이지 않았더라면? 검이 박히는 쪽은 왼팔이 아니라 왼쪽 가슴, 심장이 되었을 거다.

중검 다음에는 쾌검을 사용하여 급하게 허를 찔러 들어오던 운현이지 않은가. 그걸 이용해서 허점을 찌르려고 했었는데 운현이 자신보다 먼저 변화를 줬다.

'수가 읽혔나…… 아니 내 수가 바뀌기 전에…… 움직였군.'

자신이 먼저 변화를 줬다고 생각을 했는데, 운현이 더욱 빨랐다. 수 싸움에서 밀린 쪽이 자신이 됐다.

"……어떻게…… 아니 의미가 없군."

파악.

자신의 팔에 박혀버린 운현의 검을 자신의 의지로 뽑아 버린다.

투욱.

검강이 실렸던 검이다. 검날은 두텁지 못해도 검강에 둘러싸인 검날은 두텁고도 남았다.

검이 박혀들었던 팔은 검날이 박히자마자 완전히 너덜너덜해졌다. 그리고 대주가 검을 뽑아드는 순간 그대로 툭 하고 떨어졌다.

핏줄기가 쏟아진다. 떨어져버린 왼팔을 보내는 것이 아쉽기라도 한 듯.

타악. 탁.

그걸 혈도를 짚어 지혈을 하는 검주였다. 단 한 번의 신음을 제외하고는 왼팔이 날아간 주제에 신음 한 번 흘리지 않은 검주였다. 아무 일도 없다는 듯 다시 자세를 잡는다.

왼팔이 사라지고, 그 달라진 상황에 어색한 듯 자세를 잡지만 자세가 어색한 가운데에서도 대주의 의지만은 여전했다.

눈빛이 같았다.

"……다시 가지!"

파악.

대주가 먼저 발을 박찬다. 부상을 입어가는 만큼 초인적인 의지를 부렸다.

화아아악! 스악—

흡사 혈인으로 보일 정도로 운현의 검에 베이더라도 그는 끝까지 고집을 부렸다. 의지를 살렸다. 더욱 의지를 키웠다고 하는 것이 맞을 거다.

"……후우. 후……."

호흡이 가빠오는 가운데에서도 대주는 멈추지 않았다.

이쯤하면 될 텐데도. 이렇게까지 밀린다면. 차라리 운현의

검에 자신의 목숨을 맡겨 생을 끊는 것이 나을지도 모르는데
도!

그는 혈인이 되어서도 버텨 간다.

"그만해도 좋지 않나."

"퉷……."

운현의 말에 동정이라곤 하지 말라는 듯 턱 침을 뱉는다.
내상을 입은 지 오래인지 뱉어낸 것에는 핏덩이들이 뭉쳐 있
었다. 속도 엉망이라는 소리였다.

"죽기 좋은 날. 한 수라도 먹여 놓는 것이 예의지."

"……그렇다면."

이쯤 되면 운현도 인정을 할 수밖에 없었다. 사실 인정은
오래전부터 했다. 어찌 끝을 낼지를 정하지 못했었을 뿐.

허나 이쯤 되면 그에게 예를 지켜주는 것이 가장 맞는 일
이었다.

'깔끔한 죽음.'

이미 깔끔과는 거리가 멀지만, 마지막 순간이나마 깔끔한
죽음을 만들어 주는 것이 예의. 그 정도면 마지막 가는 길에
충분하지 않겠는가.

"……흡."

그를 위해서 마지막 숨을 들이쉬는 운현이었다. 큰 숨 아
래에 기운을 보충하고, 흩어지려 하는 기운들을 보듬는다.

보듬은 기운들 전부를 하나의 일점으로 집중했다. 검을 향해서였다.

권과 검. 여러 가지 무공들을 사용하는 그였지만 지금 이 순간만큼은 오로지 검 하나에 모든 것을 실었다.

요행수도, 다른 수도 없이 오로지 하나를 준비했다.

최후의 하나. 대주의 마지막이 되기에 충분한 수를 만들어 냈다.

우우우웅— 우우웅—

그의 의지를 따르기라도 하는 듯, 검에 실려 있는 기운 또한 웅웅대며 그의 의지를 따라준다. 그거면 충분했다.

"가시."

"오게!"

이번에는 달려가는 쪽은 운현이 됐다. 대주 또한 직감을 했는지 모든 것을 쏟아부은 한 수를 이미 준비하고 있었다.

환하게 빛나고 있는 운현의 검과는 달리 그의 검은 전보다도 더 짙은 검은 흑색에 가까운 검강을 만들어 내고 있었다.

핏빛이 죽다 못해 거무튀튀해져 있었다. 그의 마지막을 예감이라도 한 듯이.

파아아악! 팡!

부딪친다. 검강과 검강이 부딪친다. 공교롭게도 둘 모두 준비한 것은 우직한 성격에 어울리는 무겁디무거운 중검이 었다. 태산과도 같은!

우우우웅!

서로 자신의 검의 주인의 의지가 맞다는 듯, 공명음을 만들어 내면서 부딪친다. 검강끼리 서로를 갉아먹는다.

그러다! 대주의 검강이 요사스러운 뱀이라도 되는 듯이 운현의 검강을 잡아먹을 듯 둘러싸기 시작한다.

'어쩔 셈이냐…… 아!'

'터트린다.'

대주가 원하는 것. 운현에게 훤히 보였다. 그가 원하는 건 공멸이었다. 검강끼리 부딪쳐서 나온 폭발을 통한 공멸!

가는 길에 운현이라도 저승길 길동무 삼으려는 대주의 셈이 훤히 보였다!

가능하다면 그들 주변을 둘러싸고 있는 정파 무인들 몇을 같이 데려가면 그보다 더한 저승길 동무는 대주에게 더 없었을 게다.

자멸이자 동귀어진을 택한 게다! 허나!

"……모자라다고."

화아아아악―!

이미 다 타오른 줄 알았던 운현의 검강이 더욱 환해진다.

전보다도 더 환히 탔다. 그동안 너무도 작게 타올랐던 게 아쉽다는 듯 순식간에 검강이 거대해지기 시작한다!

"……커억."

검을 부딪치던 검주가 그 검강을 버티지 못하고 자신도 모르게 내장 조각을 입으로 뱉어낸다.

그러고도 초인적인 의지로 다리를 펴고 버티지만, 이미 승기는 정해져 있었다.

"……마지막이다."

콰즈즈즉—

검강을 머금은 운현의 검이 결국 대주의 검강을 완전히 처리하는 데 성공한다.

검조차 깨져버린다. 대주의 검강이 스러지고 남은 것은 이제는 작아 보이는 대주의 몸뚱어리 하나다.

그 몸뚱어리에 가차 없이 운현의 검이 박혀들었다. 피할 곳도 없이 완벽하게 박혀든 검은 왼쪽 어깨에서부터 쭉 아래로 내려갔다.

콰드득—

갈빗대들은 전부 자르고 들어간 곳은 심장 하나뿐. 그 마지막조차도 갈라진다. 그 순간.

"아아……."

대주는 하늘을 바라본다. 아니 하늘 그 너머 무언가를 바라보듯 깊은 눈빛을 한다. 그러곤 운현을 일견하더니, 그대로 눈빛이 점멸되듯 꺼졌다.

그것이 대주의 마지막이었다. 하나가 결착이 됐다.

*　　　*　　　*

"후우우우……."

숨을 고른다. 깔끔하게 베고 넘겼다. 아직 할 일은 남았다. 여기서 쉴 시간은 없었다.

와득.

품에서 영약을 꺼낸 운현은 바로 씹어 삼켰다. 알싸함이 입을 타고 확 오른다. 아찔함을 느낀다. 덕분에 정신을 차리는 느낌이었다.

운현에게 다가오는 자가 있었다. 무당의 인물인지 도복을 입었다. 운현으로서는 낯설지 않은 이였다. 인연을 쌓은 자다.

인자한 얼굴에는 사혈맹 무사들을 징벌하여서인지 핏줄기가 곳곳에 튀어 있었다.

운현은 살짝 읍을 해 보였고, 그도 같이 포권을 해 올렸다. 운현에 대한 대우를 인정한 모습이었다.

"……그사이 더 성장을 했군."

"도장이시군요. 오랜만에 뵙습니다. 이리 뵐 줄은 몰랐습니다."

운인 도장이었다.

진인급의 인물들. 무당을 지키기 위해서 존재하는 자들은 움직이지 않은 듯했다.

다른 곳을 갔을지도 몰랐다. 여기 말고도 다른 곳에서도 벌어지는 전투는 많았으니까.

어느 쪽이든 이곳을 책임지는 자는 운인 도장이다.

안 보던 사이 주름은 지지 않았어도, 머리 끝이 희끗희끗 해진 운인 도장은 제법 연륜이 깊어져 있었다. 전보다도 눈은 더 깊었다.

"허허…… 자네 말이 맞네. 이런 식으로 볼 줄은 정녕 몰랐지. 무당이 이리 전면에 나설지도 몰랐고."

"……전쟁이라면 전쟁 아닙니까. 최선의 수를 찾았을 뿐입니다."

"개인적으로 마음에 드는 수는 아니네만…… 자네 말이 맞는 듯하긴 하군. 길어지는 것보다는 짧게 끝내는 게 맞겠지."

주변에 잔뜩 쌓여버린 사혈맹 무인들의 시체들을 보면서 슬쩍 얼굴을 찌푸리는 도장이었다.

타고난 심성이 선에 가까운 그로서는 사혈맹의 무사들이라고 하더라도 그들이 죽은 것이 마음에 들기는 힘들었으리라.

'좋은 사람이다.'

허나 전장에서는 좋은 사람이 필요한 게 아니었다.

와득.

말하는 그 사이에도 영약을 하나 더 씹어, 약의 기운을 한
껏 끌어 올린 운현이 입을 열었다.

"추격대는 어찌 되었습니까?"

"소식이 없네. 그래도 신호탄은 끊임없이 터지고 있다네."

"그렇군요."

파아아앙— 퍼엉!

운인 도장의 말을 증명하기라도 하는 듯 때맞춰 허공에
신호탄이 터졌다. 운현의 몸이 자신도 모르게 신호탄이 터진
방향을 향한다.

그 기색을 운인 도장이 읽는다.

"갈 겐가?"

"끝을 내야 할 테니까요."

"자네의 형도 왔네만. 해후를 나눌 만한 장소는 아니
나…… 자네가 여기서 잠시 쉰다 해서 탓할 사람은 아무도
없네."

"알고는 있습니다."

운인 도장의 말대로 이곳에서 운현이 잠시 한숨을 돌린다

해서 감히 뭐라 할 자는 없었다.

최고 책임자는 운현 그였으며, 가장 공을 세운 자도 실제로 운현이었다. 그런 운현에게 누가 참견을 하랴.

무당을 이끌어 온 운인 도장마저도 운현을 조심스레 대하는 걸 보면 알 만하지 않은가. 허나 운현은 공을 탐해서 움직이려 하는 게 아니었다.

'확인해야 해. 그리고…….'

아직 더 확인해 봐야 하는 것이 있었다. 시간이 지나면 '흔적'은 지워진다. 그러니 몸은 피로하지만 당장 움직여야 할 필요가 있었다.

더 멀어지기 전에!

"허나 가 봐야겠군요."

"여전하군. 이곳의 수습은 맡겨주게나."

"부탁드리지요."

타악. 운현의 신형이 떠오른다. 마치 나는 것처럼. 무거운 정신과 다르게 움직이는 몸은 표홀하기 그지없었다.

그 상태로 운현이 달리는 곳은 당연하게도 신호탄이 터진 그 방향이었다.

\* \* \*

잠시. 아주 잠시. 추격을 하다가도 운현이 멈춰서는 곳에는 어김없이 시체가 있었다.

대부분이 사혈맹 무사들의 시체. 그러다 간간이 추격을 나갔던 무림맹 무사들의 시체들이 보인다.

동귀어진. 독. 숨겨진 한 수. 아니면 암수라도.

별의별 수를 다 써서 죽어가는 그 상황에서도 무림맹 무사들을 죽여 넘기는 거다.

시체들 대다수가 운현이 아는 얼굴이었다. 그중 검대의 인원이 꽤 되기도 했다. 씁쓸하지만 희생자가 없을 순 없었다.

운현은 씁쓸함을 감추고서는, 시체들의 형상을 봤다.

"……여기도 있군."

다른 이에게는 그냥 쓰러진 것으로 보일 수 있으나, 그 가운데에 남아 있는 것은 운현에게 그 이상을 보여주었다.

그의 기감이 말해 주고 있었다.

'또 남아 있다. 전보다 양이 더 많아. 미묘하군.'

아직 조금이지만, 시체에 어둡고 습한 기운이 남아 있었다. 운현으로선 익숙한 기운이다. 암화가 사용하는 기운의 변형이다.

이 짧은 사이에 이런 기운이 남아 있다니. 그것도 시체라면 자연스레 안에 있는 내공이 흩어져야 하는데 또 있다.

'새로운 수단인가…….'

어떤 식으로든 뭔가가 일어났다는 게 확실했다.

어떻게 했는지 지금은 중요하지 않았다.

스으으으.

운현은 기감으로 기운을 읽어내고, 선천진기를 이용해서 그 기운들을 흩트렸다. 경험이 있기에 전에 없이 수월하게 한 번에 여러 기운을 흩트렸다.

화아아악—

기운들이 흐트러지며, 원한을 풀기라도 하는 듯 뿌연 연기를 뿌리고서는 허공중에 사라진다.

'이런 기운을 흘리고 다닌단 말이지……'

어쩐지 이 기운의 출처를 운현은 알 것 같았다.

예상가는 자는 뻔하지 않은가. 사혈맹 맹주로부터 나오고 있을 게 분명한 느낌이었다.

도망가기 위해 기운을 보존해야만 함에도 이렇게 흩뿌리다니?

의도적으로 한 게 아니라면, 어쩔 수 없이 이리 기운을 흩뿌리고 다니는 걸 수도 있었다.

'역시 뭔가 있어.'

그 이유를 알아내야만 했다. 거기에 열쇠가 있었다. 암화가 무슨 일을 벌이려는지에 대한 마지막 열쇠일 게 분명하다고 운현은 직감했다.

그렇기에.

"더 가보자."

잠시 멈추었던 발걸음을 다시금 재촉하는 운현이었다.

       *          *          *

'깊다.'

그 사이에도 어두운 기운을 가진 시체들을 넘긴 운현이었다. 경공을 펼쳐 움직이면서도 그는 시체의 기운들을 정화하는 걸 잊진 않았다.

일이 일어난 지 얼마 되지 않아선가. 전처럼 환이 만들어지거나 하는 일은 없었기에 처리를 하는 건 더욱 쉬웠다.

그렇게 가면 갈수록 시체들은 많아졌다.

"어엇. 신의님!"

"오오!"

그러다 사람들을 마주쳤다.

무림맹의 추격단이다. 급하게 급조된 추격단이지만 그들은 곧잘 신호탄을 터트리며 방향을 잡아가고 있었다.

사혈맹 맹주 탁운을 잡기 위함이었다.

여기서 탁운과 부딪쳐봐야 위험해지겠지만, 탁운을 잡기만 하면 모든 일이 끝날 수 있으니 무리하는 것도 당연한 이야기였다.

운현은 그들과 얘기를 나눌 시간도 당장 아까운 상황이었다.

'뭐지?'

그의 기감으로 느껴지는 것이 있기 때문이었다. 더욱 깊은 무언가가 마지막 신호탄이 터진 저곳에서부터 느껴지고 있었다.

"저쪽에 누가 갔습니까?"

"정 조장이 간 걸로 압니다. 청룡검대입니다만은……."

"……음."

화아아악—

기운을 일으킨 운현이 급한 기색으로 청룡검대가 갔을 곳을 향해 뛰기 시작했다. 전력을 다한 듯 경공은 전보다도 더욱 빨라졌다.

\*         \*         \*

'뭐 이런…….'

스아아아악! 스악!

주변이 잔뜩 어두워진 느낌이었다. 까마귀 떼라도 나타나 까악까악 울어대면 그보다도 어울리는 광경이 또 있을까 하는 분위기였다.

갑작스럽게 드러난 커다란 공터 그 안에는.

"미친!"

시체들이 가득했다. 여태까지 봐온 시체라면 운현이 미쳤다는 소리를 하지 않았을 거다.

쏜살같이 쏘아져 나간 운현의 신형의 가까이에 있는 시체들은.

'먹혔다……인가.'

먹혔다라는 말이 딱 어울리는 상황이었다.

죽은 지 몇 년이라도 지난 듯 시체는 쪼그라들어 있었다.

그러면서도 남은 의복은 청룡검대의 것과 사혈맹 무사들의 것과 일치했다. 핏줄기들이 잔뜩 묻은 의복들이지만 쪼그라든 시체처럼 낡아 있지도 빛이 바래 있지도 않았다.

오로지 시체만이 완전히 쪼그라들어 있을 뿐이었다.

"……흡성대법인가. 그렇다고 하기엔 다른데."

흡성대법은 상대의 기운을 완전히 흡수하는 것이 요체. 좋은 기운이고 나쁜 기운이고 가리지 않고 흡수한다.

덕분에 흡성대법을 익힌 자는 일정 경지 이상이 되었을 때 부작용이 생기곤 했다.

좋지 못한 기운에 잡아먹히거나, 쌓여버린 이종의 기운들을 다스리지 못해서 주화입마에 들곤 한다.

처음 흡성대법을 사용한 자는 흡성대법을 대성하여 당시 무림의 최강자에 가까웠다는 헛소문도 있지만, 그건 어디까지나 옛날 일.

실제로는 이종의 진기에 잡아먹히는 위험한 마공이었다. 그런 마공이 갑작스럽게 등장했다고 하기에는 뭔가 달랐다.

다른 이라면 알지 못하겠지만, 기감에 느껴지기로 남아 있는 기운이 있었다.

"흡성대법은 전부를 흡수하지…… 하지만 이건……."

운현이 여기까지 오면서 보았던 기운들. 어둡고 습하게 느껴지는 그런 기운들이 쪼그라든 시체들에 남아 있었다.

쪼그라든 만큼 어두운 기운이 증폭되기라도 하는 듯 생각보다도 더 많은 기운들이 남아 있었다.

"흐으……."

가까이 갈수록 그 기운이 증폭되고 짙어지는지라, 음습한 기운에 기분이 더러워질 지경이었다.

이런 기운의 덩어리. 익숙해지려야 익숙해지기 힘든 기운이었다.

스아아아아—

운현은 그 기운들을 정화하면서 주변을 살폈다. 여기가 신호탄이 마지막으로 터진 곳이었다. 또한 가장 많은 희생자들이 나온 곳이었다.

여기에 흔적이 가장 많이 남아 있어야 했다. 허나 아쉽게
도.

'없다.'

운현이 가장 찾던 맹주 탁운의 기운은 남아 있지 않았다.

그자가 이곳에 일을 벌였을 것이 분명함에도 그 주인공인
탁운은 찾으려야 찾을 수가 없었다.

'예상 이상이군.'

이쯤이면 잡을 수 있을 거라고 여겼는데, 청룡검대를 일부
지만 처리하고도 용케도 발을 뺐다.

알아볼 것이 많은데 이래서야 좋지 못했다.

사혈맹의 주력을 괴멸시켰다지만 그를 잡아야 했다. 그리
고 그 뒤의 암화를 잡아야 했다. 여기서 멈출 수는 없었다.

"신의님! 여기다!"

"억!"

때맞춰 운현의 뒤를 따라왔던 무림맹 무사들이 운현의 곁
에 당도했다.

운현이 기운들을 정화해 준 덕분에 어두운 기운을 느낄
새는 없었다지만, 쌓여 있다시피 한 시체들에는 경악을 뱉을
수밖에 없었다.

"대체……."

"무슨 일인 겁니까!"

당황하는 그들에게도 운현이 해줄 말은 없었다. 그 대신 그 어느 때보다 단호한 말을 내뱉었을 뿐이다.

　"추격대를 본격적으로 꾸리지요. 그리고 남은 구역들도 점령해야겠습니다."

　"……알겠습니다!"

　"당장 움직이겠습니다!"

　미심쩍은 것들은 아직 많았다. 그것들을 해결키 위해서 운현은 쉬지 않고 움직이고 있었다.

# 第四章
## 반전, 또 반전

　하나의 막이 끝났다. 다음 막은 당연히 오른다. 아직 끝나지 않은 막도 있었다.

　강서에 이어 절강. 절강에 이어 복건성에 이르기까지. 사파의 영역이며 오래전부터 사파가 득세해 온 성들이었다.

　그 성의 곳곳에 정파인들의 발길이 들이밀어지기 시작했다.

　모든 사파인들을 죽인 것은 아니다. 정파와 사파가 견원지간처럼 군다 해서 정파인 모두가 살인을 즐기는 자들은 아니었다.

　그런 식으로 모두를 죽여서야 아무리 현 정파에 호의적인 황궁이라고 하더라도 가만두고 보지는 않았을 게다.

그들 입장에서는 정파나 사파나 모두 황궁의 신민인 터.

정파가 사파인을 모두 죽여서야 어마어마한 인원이 죽어 갈 터다. 그런 인원이 죽어 가는데 가만두고 볼 황궁은 아니었다.

되레 사혈맹의 경우 너무 많은 이를 죽였기에 눈 밖에 난 것이나 다름없는 성황이다.

덕분에 황궁 입장에서도 안 그래도 신임하던 운현에게 힘을 더욱 실어주기도 했다.

그런 이유가 아니더라도 사파인을 모두 찍어 누르려 했다면?

"……같이 죽지."

"다 죽자! 죽어!"

정파도 분명 피해가 컸을 게다. 악바리 근성이 있는 사파인들이 가만 있었을 리 없을 테니까.

그러니 모두를 봉문시키기보다는 적당히 타협을 하는 수밖에 없었다.

어떤 식으로?

"쓸어버리게!"

"명!"

사파인들. 그들 중 사혈맹에 본격적으로 가담한 자들은 확실하게 토벌하기 시작했다.

탁운이 운현을 상대하기 위해 호남에 집중하고 있는 상황. 그런 상황에 다른 성에 사파인들은 흩어져 있을 수밖에 없었다.

통솔을 하려 해도 어지간한 자들은 호남성 끄트머리 사혈맹 본단에 무력대로 가 있는 형편이다.

그런 자들을 쓸어버리는 게, 이미 모여 있는 정파의 무인들에게 어려울 리가 있겠는가.

위로는 무적자, 아래로는 제갈소화 같은 자가 있는데?

"피해라!"

"······항복. 항복이오!"

당연히 쉽게 쓸어버릴 수밖에 없었다.

"십 년을 약속하시오."

"······알겠소이다."

그 죄가 크지 않은 자. 사파가 돌아가는 흐름에 어쩔 수 없이 사혈맹에 가담한 자는 봉문 정도로 처리.

"크아아아악!"

"도, 도망가!"

본격적으로 사혈맹에 붙어먹은 자들은 정파인이라는 이름이 무색할 정도로 확실하게 처리를 했다.

찾아가 죽이고, 도망가는 자는 쫓았으며, 같은 사파인들로부터까지 정보를 얻어내 어떻게든 잡아냈다.

그렇게 다수를 처리하고. 항복하는 자를 처리하며 효율적으로 움직이길 한참. 금방 사파의 영역을 잡아먹어 가기 시작했다.

십 년. 언젠가 봉문이 풀리면 또 모를 일이지만.

'일단은 이 정도로 충분해. 암화는 아직 남아 있으니……'

사파인들을 묶어 두는 것만으로도 큰 성과였다. 남아 있는 주력이라 할 수 있는 자들을 다수 처리할 수 있는 것도 성과라면 성과였다.


유화책도 폈다.

살아남은 자들. 사파인이면서도 사혈맹에 합류치 않은 자들. 그런 자들에게는 정파는 칼날을 빼들지 않았다.

그 대신에 협조를 구했다.

"제갈소화라 합니다. 이야기를 나눌 수 있을까요?"

"뷏…… 여염집 아녀자는 안에 들어가……."

"……검은 그리 멀리 있지 않습니다만? 이곳에도 하나 있지요."

"크흠……."

운현으로부터 여러 방식을 배운 제갈소화의 공이 가장 크긴 했다.

그녀의 아름다운 외모를 보고 달려들거나 우습게 보는 자에게는 검을 들이밀었다. 그게 채찍이었다.

말이 통하는 자에게는 당근을 제시했다.

"이야기가 통할 것 같군요."

적당한 협상을 통해 그들을 당장 정파의 손과 발이 될 수 있도록 만들었다.

제시할 당근? 정파의 것을 동원할 것도 없었다. 사파의 문파 중 봉문을 한 곳의 영역. 그 영역을 분배해 주는 것으로도 협상의 가치가 되기엔 충분했다.

'신의님 표현을 빌리자면 남의 것으로 코를 푼다고 해야 하려나…… 후후.'

어차피 봉문하고 남은, 혹은 토벌하고 남은 사파의 영역은 당장이나 정파의 영역하에 있지, 완전히 정파의 것은 아니었다.

언제까지고 정파가 무림인들을 보내 점령할 수 있는 것도 아니었다. 암화가 있으니 완전히 무리다.

가지자니 무리고, 그대로 두자니 애매한 계륵 같은 곳들이 현 봉문 혹은 토벌된 사파의 영역이었다.

그걸 협상물로 썼다. 정파로서는 아무것도 들이지 않고

협상하는 셈. 그에 더해서.

"도녕(都寧)현에서 안악현까지의 영역을 아우를 수 있게 되는 겁니다."

"크구려⋯⋯."

"방해도 없을 겁니다. 다만 도움도 없을 것이지요."

"하⋯⋯ 십 년이라⋯⋯ 독이 든 것이구려?"

"대신에 달콤한 독이지요."

"허허⋯⋯."

십 년 뒤. 봉문한 문파들이 깨어날 때. 그때 충돌은 불가피한 일이었다.

자신들의 영역을, 정파와 협상을 했답시고 차지하고 있으니 가만 있겠는가. 말없는 짐승이라도 자신의 영역은 지키는 법이다.

정파로부터 얻은 영역을 지키려는 자. 자신의 영역을 되돌리려는 자의 투쟁은 분명 예견된 일이다. 허나.

"⋯⋯욕심이 안 난다고 하지는 못하겠구려."

"십 년입니다. 강산도 변한다는 세월이지요. 그 세월 간⋯⋯ 영역을 바탕으로 크는 것은 호걸이라면⋯⋯."

"능력이라, 이것이겠지?"

"물론입니다."

그것조차도 잘 포장한 제갈소화였다. 사파의 무림인이라

고 해서 바보는 아니었다.

아니 되려 사파인이기에 셈법이 빨랐다. 정파인보다 훨씬 이득에 민감한 그들이지 않은가.

십 년 뒤의 충돌과 십 년간 얻을 이득. 그 가운데에서 그들은 고민하고 고뇌했다. 십 년 뒤 충돌이라는 독이 든 협상물이었으나.

"……안 할 수도 없겠지. 내가 아니면 다른 자에게 찾아갈 것 아니오?"

"아니라고는 못하겠군요."

이미 갑은 제갈소화였다. 그들은 철저히 을의 상황에 있는 바였다. 그들이 뭘 선택할지는 뻔히 정해져 있었다.

"좋소이다. 좋아. 어디 우리가 어떻게 움직일지를 말해 보시오."

"후후. 역시 이야기가 통할 줄 알았습니다."

그들은 독이 든 당근을 씹어 삼켰다. 독이 들은 것을 알았음에도 아주 잘근잘근 씹을 수밖에 없었다.

그렇게 그녀는 많은 사파인들을 협조라는 명목하에 굴복시켰다.

"……허. 역시 소저는 못 당하겠소이다."

당기재나 명학, 다른 무인들도 꽤 많이들 나섰으나 그녀만큼 성과를 낸 자는 또 없었다. 그나마 남궁미가 의외로 성과를 냈다.

"······선택하세요."

남궁미와 협상한 자들이 말하기로는 별달리 말이 없는 가운데에서 한마디씩 들어오는 촌철살인이 무서웠다던가.

조곤조곤 일을 진행해 가는 제갈소화와는 달리 묵직한 한 방 한 방으로 빠르게 사파의 영역을 굴복시켜 갔다.

그 두 여인의 역할이 꽤 컸다.

그나마 당기재나 명학은 운현의 옆에서 보고 배운 무공으로 세운 공 덕분에 체면치레라도 한 것이 다행이었다.

그렇게 얻은 성과를 그들은 가만두고 있지 않았다.

*　　　*　　　*

안에서부터는 사파의 영역. 거기다가 정파 영역과의 경계도 아닌 완전한 사파의 영역이다.

첩자라고 할 수 있는 자들을 보내는 것에 소홀히 하지는 않았지만, 이렇게 정파인들이 발을 디디는 건 처음 있는 일!

그들에게 있어 미지의 영역이랄 수 있는 상황에, 정파에게 협조하는 사파인들은 큰 도움이 됐다.

당장 사파에서도 경공으로 이름을 날리는 곳이며, 사파면서도 표국으로부터 그 빠른 발 덕에 꽤 신임을 얻고 있는 문파.

일적문(一適門)만 하더라도 정파인들을 빠르게 안내했다.

대규모 인원을 인솔하면서도 잡음 하나 없이 인솔하는 그 능력은 무공으로 치면 가히 일절이라 할 만했다.

급한 표물의 경우 일적문 출신 표사들을 이용해 운송하기도 한다는 말이 실감이 날 정도였다.

다만 깔끔한 안내와 달리 그들의 낯빛은 어두웠다. 사파의 영역에 정파인을 데려간다는 어쩔 수 없는 거부감 때문이었다.

그런 그들의 반응을 애써 모른 척하면서 제갈소화는 꼼꼼히 모든 것들을 자신의 것으로 삼아갔다.

'……모두 정보다.'

사파인 영역의 정보. 지리. 역학관계. 상황. 협상의 결과. 그 모든 것들이 그녀에게 있어 모두 재산이며 정보였다. 언제고 빛을 발할 최고의 것들이었다.

그녀가 얻어가는 사이 정파인들은 사파의 영역의 중심에까지 발을 디디는 데 성공.

"……여기요."

"고생했습니다. 그럼 여기부터 또 움직여야겠군요."

"……마음대로 하시오. 난 모르겠으니. 휴우……."

"그럼."

전에 없이 더 속도를 높여 차지해 나갔다.

"저는 적월문에 협상을 갈 겁니다."

"흠. 그럼 나는 장추파를 토벌하러 가야 하나."

"우선은 협상부터 시도해 보세요. 당장 소식이 들어왔지 않습니까? 맹주 탁운이 신의님에게 패퇴했다는 소식요."

"……아무리 봐도 신의님은 괴물이오."

"예전부터 알았잖아요. 그들도 이미 들었을 겁니다. 그걸 이용하는 것도 나쁘지 않은 방법이지요."

"뭐 어쨌든 알겠소이다. 소문을 이용하면 설득하는 것도 쉽겠지."

정파는 다방면으로 움직였다.

운현이 암검대와 혈화대를 포함한 맹주 탁운을 패퇴시켰다는 소식도 협상을 위해 사용할 정도였다.

소문을 이용해 적을 공포에 빠트리는 기본적인 계책이었다.

공포에 빠트린 뒤, 협상 혹은 전투를 벌이는 것은 효과가 좋을 수밖에 없었다.

전투에도 소홀히 하지 않았다.

가끔씩 일어나는 전투는 압도적으로 많은 수를 모은 무림맹이 수로 밀어붙이고 있는 터였다. 무적자나 대주들의 무력이 그때 빛을 발했다.

그걸로도 부족한지 정보 조직들을 통해서 교란을 하는 것은 기본. 빠르게 계획을 짜 움직이는 것은 덤일 정도였다.

다방면으로 아주 확실하게 움직이고 있었다.

이대로라면 잠시나마 정파가 무림을 정파의 세상으로 일통(一統)하는 것이 꿈은 아니라는 말이 나돌 정도였다.

하지만 그런 상황에서도 운현과 함께 했던 자들. 제갈소화나 무적자와 같은 자들은 무언가 꺼림칙함을 느끼고 있었다.

'……너무 쉽잖은가. 허허.'

'패퇴라…… 꺼림칙해.'

'대체 암화는…….'

암화. 이쯤 되면 보여야 할 자들이 보이지 않기 때문이리라.

'신의님이 맹주를 잡는 데 성공한다면…… 알 수 있으려나.'

그 열쇠는 운현이 힘을 들여 지금 이 순간에도 추적하고 있는 맹주 탁운에게 있을 터.

운현이 그를 잡을 그때까지는.

'우리는 할 일을 해야겠지.'

'나머지 일은 먼저 해결해 두도록 하자.'

다시 모일 그날까지 서로 자신이 할 일을 하며 차분히 나아갈 뿐이었다.

<br>

＊　　　＊　　　＊

<br>

한편, 추격을 당하고 있는 탁운은.

"후후⋯⋯."

의외로 여유로워 보였다. 자신의 무인들은 다 잃고 주력마저도 거의 없는 상황. 따라오는 암검대 몇 조를 제외하고는 모든 걸 잃은 거나 다름없는데도 되레 그는 전보다 여유로워 보였다.

힘이 넘쳐 보일 정도였다.

까득. 퍼석. 까드드득.

발이 가는 곳에 밟히는 돌은 으깨고, 걸리는 것은 분쇄하고 움직이는 걸 보면 내력도 달리지 않은 듯 보일 정도였다.

운현이 거부감을 보였던 검은 내력. 어디서 얻었을지 모를 내력이 당장에도 그의 몸 주변에서 방출되고 있었다.

뭔가 이상하긴 했다. 여유로운 얼굴이야 둘째치고서라도 자신의 기운을 흘리다니?

하수들이나 하는 짓이었다. 티끌 같은 내력이라도 아껴서 효율적으로 사용하는 것이 무공의 백미 아니던가!

자연지기를 바로 자신의 것으로 사용하는 고수조차도 내력은 아끼고 또 아끼는 게 기본이었다.

그런 주제에 내력을 잔뜩 흘리고 있었다. 흘리고 다니면서도 기운이 달리지 않는 것이 되레 신기할 정도였다.

도망을 치면서 흔적을 없애야 할 텐데도 불구하고 그는 자신이 가는 길을 그대로 보여주고 있었다.

아예 파괴를 일삼으면서!

분명 따라잡기 쉬워야만 하는 상황. 그런데도 그 속도가 어마어마했다.

"찾았다!"

또한 그를 추격하는 정파의 무인들은 쉽사리 그를 추격하기가 힘든 상황이었다. 애써 그를 찾았다고 하더라도 다가갈 수가 없었다.

"푸핫. 왔군!"

스아아아악— 파앙!

"피, 피해라!"

"……크아악!"

그가 장난치듯 날리는 장력에도 추격을 맡은 자들은 급급하게 물러설 수밖에 없었다.

모순되게도 추격하는 자가 추격당하는 자를 피해야 하는 상황이 오는 것이다.

단 일수에 추격대를 몰아치는 그를 보면 운현에게 밀렸던 탁운이 맞는가 싶을 정도였다. 일변(一變), 아니 그 사이 다변(多變)해 있는 탁운이었다.

전보다도 더 강하고 음울한 기운으로 자신을 감싸고 있었다.

"전부터 이리 할 것을 그랬어. 전부터…… 후후. 좋군."

그 힘에 고양감을 느끼는 듯 만족스러운 웃음을 흘리지만, 그를 따르는 암검대 무인들은.

"……."

말없이 그저 침묵할 뿐이었다. 인상을 잔뜩 찌푸리고 있는 것을 보면 그들도 지금 상황이 마음에 들지는 않는 듯했다.

그들이 진심으로 따르던 자는 탁운이 아닌 암검대주인터. 그 대주를 버리고 이렇게 그를 따르게 됐으니 무리도 아니었다.

대주의 명, 암화의 뜻이 아니었더라면 탁운을 먼저 공격하는 쪽은 암검대가 되었을지도 모를 일이었다.

'우스운 것들……'

그걸 모를 탁운이 아님에도 그는 모른 척 갈 길을 나아갈 뿐이었다.

그러면서도 끊임없이 계산을 해 나갔다.

그는 무림을 일통할 만한 호랑이는 되지 못했다. 뒤늦게
서야 그걸 깨달았다.

'⋯⋯괜찮다.'

하늘이 낳는다는 패자는 되지 못했다. 분명히.

무림을 쥐고 흔드는 제왕이나 패왕은 되지 못해도 상관없
었다. 세상을 희롱하고 괴롭히는 난적(難敵)이 되는 것으로
충분했다. 당장은!

그는 난적으로서 계산하고 계책을 사용해 나갔다. 패왕이
되지 못함을 인정하고 머리를 쓰기 시작하자 그가 사용할 계
책은 차고 넘쳤다.

시야가 넓어졌다. 그동안 이리 사용하지 못했던 머리가 원
망스러워질 정도였다.

'⋯⋯망할 놈의 발목을 잡는 데는 성공했고.'

모종의 수로 운현의 발목을 잡는 데까지 성공을 했을 정
도다.

운현이 당장 그를 쫓아왔다면, 아무리 다변한 탁운이라고
하더라도 뒤를 잡혔을 거다. 일전 뒤에 패배는 예약이 된 것
이나 다름없었다.

'아직은⋯⋯ 그렇지.'

그렇기에 계책을 썼다. 성공을 했다.

'아깝지만 그걸로 됐다.'

그로서는 나중을 생각해서, 그도 아니면 최악에 가서나 사용할 거라 생각했던 패를 몇몇 개 꺼내들었다.

그래도 운현의 발목을 잡는 데 성공했으니 그로선 됐다. 우선 살아남기만 하면 앞뒤 가리지 않고 사용할 계책이 많았다.

'……다 죽는 게지.'

자신이 세운 사혈맹도 불태우고, 암화를 이용하고, 모두를 제물 삼아 정파, 나아가선 운현까지 태워버릴 생각을 하는 그였다.

그가 일통하지 못할 무림이라면.

'차라리 없는 게 낫다. 아니면 난세 끝에 내가 얻을지도 모를 일. 차라리 판을 뒤흔드는 게 맞다.'

그 누구도 차지하지 못하게 한다는 생각이었다. 참으로 삼류 같은 생각인 터.

무서운 건 그런 썩은 생각을 실행할 수 있는 실행력이 충분하다는 거였다.

모두 뒤흔들리는 난세라면 현재 가장 많이 패를 잃었다고 할 수 있는 자신에게 기회가 올 수도 있을 거라는 계산도 있기는 했다.

끝까지 악하게 머리를 굴리면서도, 계산을 끝내는 데는 성공했다.

"본단으로 이대로 쭉 가지."

계산이 모두 선 맹주 탁운. 아니 난적이 돼버린 그는 사혈맹 총단을 향해 더욱 빨리 걸음을 놀리기 시작했다.

모든 걸 다 잃고서도 사혈맹은 어찌 장악하고 기회를 얻을 생각인지는 몰라도, 왕의 재목이 되지 못한 여우, 탁운의 눈은 분명 빛나고 있었다.

시뻘겋게! 그동안의 피로도 부족하다는 듯이!

# 第五章
## 사혈맹 총단!

  탁운이 목적지로 삼았던 사혈맹 총단.

  화남성, 광서성, 광동성. 그 세 성의 중간이라고 할 수 있는 교차지점. 강영(江永)현 부근에 총단이 똬리를 틀고 있었다.

  탁운 자신이 가지고 있던 문파의 영역은 이곳과는 거리가 먼데도 불구하고 그는 굳이 이곳에 자리를 잡았다.

  그가 자리를 잡기 위해서 본디 이곳 영역을 차지하고 있던 사파 문파 여럿이 폐관과 멸족을 당한 것은 당연한 이야기였다.

  그렇게 얻은 사혈맹 총단 자리는 꽤 화려했다.

본디 기방이었던 곳, 토박이로 있던 문파가 있던 곳, 여러 사업체가 있던 것을 증축하고 개조하여 만들었다. 화려하지 않은 게 이상했다.

덕분에 화려하면서도 빠르게 총단이 만들어졌다. 정파라면 차라리 새로 만들었겠지만 있는 걸 사용해서 화려하게 꾸미는 건 차라리 사파다웠다.

그곳 총단의 중심.

탁운이 사혈전이라고 명명한 현판이 크게 달려 있는 그곳에 남은 자들이 모여 있었다.

장로니 호법이니 하는 직책들을 탁운으로부터 부여받은 자들이었다.

사파인들답달까.

얼굴이 흉한 상, 여인의 몸으로 염기가 넘치는 이, 커다란 덩치에 손이 솥뚜껑만 한 자. 온갖 물상(物像)을 하고 있는 자들이 이곳에 자리해 있었다.

그 별호만 해도 염황권, 패도창, 검일통, 비월이니 온갖 거창한 이름이 붙어 있는 자들이지만 실상은 기회주의자나 다름없는 자들이었다.

되레 맹이 생기기 이전 련에 속해 있던 수뇌. 그들이 사파를 대표하기에 더 적합하다고 할 수 있었다. 이들은 무력으로도 다른 능력으로도 사파를 대표한다 하기엔 부족했다.

대신 재빨랐다.

비월을 필두로 하여 탁운이 사혈맹을 발호하고, 암검대가 움직이는 것을 보고 계산했다. 계산이 끝난 뒤 빠르게 움직였었다.

먼저 읍을 했다. 사혈맹이 완전히 조직되기도 전부터 충신이라도 된 듯했다.

"충성을 다하겠습니다."

"백골이 되도록 충성을……!"

그때의 충성 맹세를 보고 있자면 나라를 위해 목숨까지 바치고도 남을 충신들의 맹세라고 해도 부족함이 없었다.

그로도 모자라.

"어맛."

노골적으로 유혹하는 자도 있었다. 가장 먼저 움직였던 비월은 나이에 맞는 색기와 미모를 겸비했고 탁운은 굳이 그녀를 거부하지 않았다.

"후후…… 다들 잘 보여야 할 거예요."

기회주의자 중 가장 선두를 차지한 그녀는 황궁의 황후라도 되는 듯 굴었다. 승은이라도 입은 것처럼 안주인 역할을 자처했다.

비월. 그녀를 따르는 색향천황관의 뭇 여인들도 탁운은 아니더라도 그 아래에 있는 자들과 연을 만든 터.

베갯머리송사가 가장 무섭다고 하듯, 그녀가 안주인 역할을 함에도 천황관의 여인들에게 넘어간 자들은 반대를 하지 않았다.

"좋구려."

"허허. 요즘 세상이 살 만해. 이만한 세상이 또 어딨나. 곧 사파 천하가 도래할 거라고!"

본래부터 기회주의자들이 아닌가.

권력을 향유하고 즐기기만 하면 될 뿐. 가진바 무위에 비해서도 한참 부족한 그들은 안이 어찌 돌아가든 상관치 않았다.

탁운의 입장에서야 이런 자들을 내칠 이유도 없었다.

당장 사람 수를 끌어 모으는 것도 중요했다. 그도 적당히 즐길 수 있으며 세를 불릴 수 있는데 반대를 할 위인은 아니었다.

부족한 자들이야, 사파의 적자생존이라는 명분하에 천천히 무너질 거라 여겼다.

'나중에 정리하면 될 일.'

지금이 아니더라도 일단 정파의 세를 정리하고부터 처리를 하면 될 거라 여겼다. 그렇기에 이 기회주의자들을 일단은 사혈맹 요직에 앉혀 놓았다.

장로니 호법이니 세워 놓았지만 쭉정이나 다름없게 됐다.

숫자는 채워졌고, 그나마 무력대 대주를 차지하는 자들. 패도창이나 진권수아 같은 자는 제대로 된 무인이지만 몇몇을 제외하면 별거 없었다.

그들이 또 기회를 타려 하고 있었다.

곡식을 탐하는 쥐새끼처럼 모여들어 하나같이 시뻘건 눈빛을 하고 사악한 말을 중얼거렸다.

"차라리 바로 항복을 하는 것이 어떻소?"

"정파도 항복을 가려 받는다고 하지 않소. 우리처럼 사혈맹에 직접적으로 결탁한 자들은 토벌을 한다던데……."

"그래도 우린 수가 많지 않소? 우리가 한 번에 모여서 덤벼들면 그들도 피해가 클 거 아니오. 그러니 잘만 말하면 되지 않겠소."

"맞소. 살살 어찌 달래면 될 거 아니오. 거 비월 호법이 어떻게 안 되오?"

"……으음."

그들 나름은 심각해 보였다.

바로 항복을 해야 한다는 말도 있고. 계책을 짜야 한다는 말도 있었으며, 안 되면 비월의 미인계라도 써서 눕혀야 한다는 말도 있었다.

"……소림승이라구요. 무적자 그 양반. 무림을 다니면서도 여자와 연이 닿았다는 말은 없었어요."

"그래도 천황관의 여인들이라면야……."

"무리예요. 무리. 후홋."

그런 심각한 상황에서도 유혹의 미소를 짓는 그 모습을 보고 있노라면, 천생 여우를 뛰어넘는 구미호라도 되는 듯한 모습이었다.

슬쩍슬쩍 보이는 모습이 남성들을 유혹하는 데 특화돼 있었다.

실상은 남자를 유혹해 채음보양으로 잡아먹는 여인인 그녀다. 자신의 무기로 사용하는 미(美)만큼은 최상이었다.

"신의도 안 되겠는가?"

"후응…… 여인들이 많더라구요. 무리예요."

"허허 참……."

"후우."

모두가 침중해진다. 나오는 거라곤 한숨뿐이다.

그들로서는 답답할 수밖에 없을 게다.

정보도 없는 상황. 운현이 막아 둔 덕분에 나쁜 소식을 제외하고 좋은 소식들은 들어가지도 않는다.

어렵사리 정파의 토벌을 이겨낸 소식 따위. 금방 묻혀 버린다. 오로지 토벌당했다는 소식만이 그들에게 들어가는 상황이다.

부정적일 수밖에 없었다.

이런 상황에서 어떻게든 살아남으려는 몸부림이야 나쁠 것은 없었지만, 그들이 가진 능력이라면 기회주의밖에 없었다.

폐물이 되어가는 사혈맹이지만, 이 몰락해 가는 폐물이라도 들고서 자신들이 살 동아줄을 엮어내야만 했다.

그때, 가만 상황을 지켜보던 자신을 지천권이라 지칭하는 자가 입을 열었다.

"그럼 이건 어떻소이까?"

별호에도 지(智)가 들어가는 그이지만 실상은 잔머리나 굴릴 줄 아는 인물이었다. 그래도 가진바 권법이 꽤 경지가 높아 대우를 받았다.

그런 잔머리로 어찌 초절정까지 갔는지는 몰라도 강한 건 분명했다.

모두의 집중을 받자 만족스러웠는지, 그가 자신의 염소수염을 만지며 뜸을 들인다.

"뭔데 그러오."

"뭐요? 방법이 있소?"

"있으면 어서 말이라도 해 보시오."

"아이. 그만 뜸 들여요. 이러다 너무 달아오른다구요."

때가 됐다고 여긴 걸까. 그가 가만 상황을 즐기다가 비월의 종아리에 슬쩍 마지막으로 시선을 두고서는 다시금 입을 열었다.

"지금 우리가 항복도 못 하는 건 가치가 없어서 아니오."

"그걸 누가 모르오! 알 거 다 아는 사이에 서론은 이만하고 바로 본론으로 가지 그러오."

"크흠……."

패도창의 목소리에 움찔하는 지천권이었다. 초절정이라지만 그는 초입, 잘하면 화경에 도달할지도 모른다는 패도창의 무력에 한참 뒤졌다.

감히 그의 무력에 덤벼들 생각은 하지 못했다. 마음에 들지 않는다는 듯 헛기침을 내보이는 게 전부였다.

'거 새끼 성격하고는…… 고약한 것. 내 두고 보자.'

그래도 이번 일에 패도창의 역할은 꽤 중요한 터. 불만은 씹어 삼킬 수밖에 없었다.

"거 다들 성격이 급하기는. 뭐 어차피 금방 본론으로 가려고 했소이다."

"뭐요? 어서 말하시오."

"몸값이 부족하면 몸값을 올리면 되지 않겠소."

"몸값을 올려?"

"그렇소! 저기 저 자리 보이오!"

지천권은 중앙에 비어 있는 자리를 가리켰다. 본디 맹주 탁운이 앉아야 할 자리였다. 그 옆의 빈자리는 이미 죽었다

알려진 암검대주의 자리였다.

이 둘의 자리는 사혈맹의 전부나 같았다.

맹주와 대주가 있었기에 이곳 사혈맹이 이뤄졌고, 기회주의자인 이들이 한 자리라도 차지해 패악질을 부릴 수 있었다.

그걸 지천권이 가리키고 있는 거였다. 의미는 뻔했다.

"설마…… 지천권 대협의 생각은…… 흐응……."

눈치 빠른 비월이 가장 먼저 의미를 읽었다.

"뭔 소리요."

"빈 자리가 계속 비어 있다 해서 문제가 있겠습니까."

"설마……."

"그 설마가 맞을 겁니다."

그 눈치 없던 패도창도 무슨 말인지를 읽어냈다. 굳이 말을 하지 않아도 그 의미는 명백했다.

"이왕이면 산 자가 낫겠지. 비어 있어도 문제가 없으니 계속 비어 있어도 문제 될 건 없고."

모두가 알아들었다. 반대를 하는 자?

"……."

"……."

놀란 듯 잠시 숨을 고르는 자는 있었지만 반대를 하는 자는 단 하나도 없었다.

몸을 구부리고 읍하며 충성을 맹세했던 자들이지만, 몸을 일으켜 그 충성을 위해 달려드는 자는 단 한 명도 없었다.

모두가 다 똑같은 자들이었다. 그들은 계산만을 할 뿐이었다.

"⋯⋯그를 잡으면 몸값을 올릴 수 있다 이거요?"

"그럼 그는 누가 잡고?"

"그 무위는 진짜요!"

"거 방법은 좋지만⋯⋯ 실행이 돼야지. 크흠."

문제는 그를 잡을 사람이 없다는 것.

"듣기로 도주해서 오는 곳이 어디요?"

"이곳이지!"

"패주한 자 아니오. 게다가 패주하며 오는데 같이 있는 인원이라고는 암검대 몇이라 들었소이다. 오다가 희생이 또 있었다지."

"청룡검대인가 뭔가 하는 곳에서 맹주는 몰라도 무사는 몇 잡았다고는 들었소. 어찌 해낸 거겠지."

이들이 가진 소문은 몇몇 개 맞았다. 실제로 청룡검대 무사들이 도망치는 암검대 무사들 몇을 눕히긴 했다.

그만큼 희생이 크긴 했지만, 청룡검대도 끈질겼기에 가능한 이야기였다.

"뭐 추격을 하다 보니 쉽게 암검대 무사들을 잡은 거지.

아니면 본디 암검대 실력들이 엉망이었을지도 모르지. 크흠."

"어느 쪽이든 무슨 상관이겠소. 중요한 건 맹주가 거의 홀몸으로 이곳에 온다는 거 아니겠소이까?"

"아아……."

실제 패주하는 탁운을 돕는다고 나서는 사파인들은 거의 없었다. 그가 도망가는 길에 방해를 하지 않는 게 다행이라 할 정도였다.

그 사이 탁운도 여러 계책으로 운현의 발목을 잡았지만 거기까지는 여기 있는 자들 중 아무도 몰랐다.

정파에서 정보를 통제하고 있는 덕분이다.

그들이 가진 정보조차도 실상은, 정파가 정보를 통제하는 가운데 슬쩍슬쩍 흘려준 정보들이다.

어쩌면 이들의 배신을 유도하기 위해서 흘린 정보일지도 몰랐다.

그것도 모른 채로 이들은 그들만의 진지한 분위기 속에서 계속 말을 이어갈 따름이었다.

"겁먹을 게 뭐 있겠소. 그는 맹수는 맞소. 하지만 상처 입은 맹수요. 그렇지 않소?"

"흐음……."

"그 하나요. 하나. 다 죽일 필요도 없소. 그 무섭던 암검대도 다 죽었다잖소. 여기 있는 우리와 다른 뜻 있는 자들을 모으면 어떻겠소?"

"……그래도 위험하지 않겠소."

"어허이! 이번만큼은 적당한 위험은 감수해야겠지! 그래도 이 정도면 싸게 먹히지 않소? 다 죽을 겁니까? 정파에? 일단 살아야 다음을 보지 않겠소! 안 그렇소!?"

지천권은 이럴 때만은 달변이었다. 입씨름하는 기술만 놓고 보면 이미 화경이라도 된 듯했다.

슬쩍슬쩍 아픈 곳을 찌르기도 하고, 또 살금살금 괜찮다 싶은 곳을 찔러가면서 설득을 해내는 지천권이었다.

어느 순간부터는.

"후웅. 맞는 거 같은데요."

사혈맹 안주인 행세를 하던 비월마저도 나서서 지천권의 편을 본격적으로 들 정도였다.

분위기가 점차 기울어 갔다.

"맹수라 하나 그는 상처 입었소. 그리고 우리는 멀쩡하지. 여기 있는 호걸들이 맹수도 아니고 상처 입은 맹수 하나 못 잡겠소이까!"

열변이 터졌다.

"오오."

처음에는 긴가민가하던 자들도 지천권의 설득에 홀딱 넘

어 왔다.

꽤 그럴듯해 보이기도 했다. 안 그래도 운현에게 패퇴해서 도망치는 탁운이지 않던가.

그들의 생각보다도 탁운의 무력이 약할 수도 있다는 생각이 슬금슬금 들기 시작했다.

'생각보다는……'

'약할 수도 있다. 아니 약할 거다.'

사혈맹을 만들기 전에는 그들과 비슷한 세력을 가졌던 탁운이지 않은가.

어찌 암검대를 땅에서 솟은 듯 데려왔다지만 암검대가 없었더라면, 아니 암검대가 그들에게 있었더라면 사혈맹의 맹주는 자신이 되지 않았을까 하고 꿈꾼 자들도 다수였다.

탁운이 대단하기보다는 자신들과 똑같은 능력을 가진 자인데, 운이 좋아 맹주가 되었다고 내심 여겼다.

뭐 눈에는 뭐만 보인다고 남을 보는 데도 같은 선상에서 보기 시작한 게다.

'나쁘지 않을지도……'

'탁운을 넘기고…… 한 십 년 남은 세월을 보내면 될지도 몰라.'

'좋다. 여기 이치들만 쓰러트려 넘기면 된다 이거지. 그거면……'

합리화를 하기 시작했다.

탁운을 쓰러트리고 나서 그 뒤의 자리. 비어버린 사파의 권력을 자신들이 차지할 수 있지 않을까 생각하는 자도 있을 정도였다.

처음부터 끝까지 기회주의자와 같은 모습!

"어떻소이까! 반대하는 자가 있소! 있으면 나와 보시오!"

"나는 찬성이네!"

"후후. 누가 반대한다고 했나요. 좋아요 저는."

"……나도 좋네."

"크흠. 뭐 어쩔 수 있겠는가."

그렇게 가닥이 잡혀갔다. 가닥이 잡히고 진행이 되는 건 순식간이었다.

배신으로 모든 걸 마무리한다.

한 번이 어렵지 두 번은 쉬웠다. 기회다 싶으니 기회주의자인 이들은 그 기회를 잡으려 다시금 승냥이가 됐다.

"좋소. 그럼 곧 올 맹주를 위해 준비를 해야 하지 않겠소."

"선두를 누가 맡느냐가 중요하겠군."

내린 결정에 바로 의논을 시작했다.

고양이 목에 누가 방울을 달지를 걱정했다.

선두를 맡은 자는 아무리 탁운이 부상당했더라도 피해가

있을 터. 그것이 걱정되는 그들에게 누가 선두가 될지는 매우 중요한 문제였다.

탁운은 이미 그들이 잡을 게 분명하고, 누가 가장 피해 없이 잡을 수 있느냐를 고민할 뿐이었다.

한참이 걸렸다. 몇 시진의 시간이 지남에도 이들의 의논은 끝날 줄을 몰랐다.

이틀에서 삼 일. 그 뒤 이곳 총단에 도착할 맹주를 잡기 위한 올가미를 만들기 위해 집중할 뿐이었다.

그래도 몇 시진 만에 계획을 짜는 데 성공했다.

"좋군. 좋아. 그럼 패도창 대협이 앞을 막고. 거기서 선공을 흘린 후에, 남은 무력대를 동원해 차륜전을 펼치는 것으로 하지."

"몇 가지 더 정리를 해야겠지만 좋은데요."

"나쁘지 않아."

"그럼 바로 움직이는 것이……."

대략적인 계획이 잡혔다. 그 계획을 실행키 위해 움직이려 하는데, 생각지도 못한 소리가 들려왔다.

짝. 짜아악. 짝.

\*　　　\*　　　\*

손과 손이 부딪치는 소리였다. 박수였다. 어찌나 세게 쳤
는지 귀가 울릴 만큼 큰 울림의 박수 소리였다.

홀로 부딪치는 소리였다. 그 소리는 그들이 사람이 있다
고 생각지 못한 곳, 대전의 구석에서부터 들려왔다.

구석에서부터 중앙으로 조금씩 모습을 드러내는 인형(人
形)의 모습은 그들에게 익숙할 수밖에 없는 모습이었다.

"어엇!"

"매, 맹주!?"

"어떻게! 벌써!"

맹주였다. 아직 도착하려면 한참이 남았다고 여긴 맹주.
그가 벌써부터 이 안에 들어와 있었다.

"다들 모여 있었군?"

"그, 그것이…… 당장 사파가 어찌 나가야 할지를 상의하
고 있었습니다."

"마, 맞소이다! 그거 말고 또 뭐가 있겠소."

"후웅…… 오셨어요! 낭군! 자자, 여기 앉아 보시겠어요?"

빠른 태세 전환이었다.

탁월한 모습이었다. 기회주의자의 교본이 만들어진다면
이들이 그 교본의 교관이 되기에는 차고도 넘쳐 보였다.

아니 각각 한 권씩 교본을 만들어낸다면 전집이라도 만들
어지지 않을까 싶을 정도였다!

허나 그들의 아양과 아부에도 탁운은 여전히 답이 없었
다.

"……."

그 대신 자신의 자리였던 맹주 자리를 아끼는 보물이라도
되는 듯 쓰다듬을 뿐이었다.

"전에는 이 자리가 맞다 생각했지."

"지존의 자리 아닙니까! 맹주 말고 다른 자가 앉을 수는
없지요."

"지천권 대협, 아니 호법의 말이 맞습니다."

"아아……."

손짓을 하며 그만하라는 듯 말하는 탁운이었다.

"처음에는 분명 그러했어. 사파의 지존이라. 나아가서 무
림 일통이라. 좋은 단어지. 좋은 울림이야."

"맹주님은 분명 가능하실 겁니다!"

"그럼은요! 맹주님이 아니시라면 누가 또 가능하겠습니
까!"

좋은 모습이었다! 기회주의자로서는!

분위기는 금방 소강되는가 했다. 탁운은 이들이 방금 전
까지만 하더라도 배신을 꿈꾸던 것을 모르는 듯했다.

허나 한 순간이었다.

콰드드드득—

그가 아끼듯 만지던 맹주의 권좌. 그것을 한순간에 손으로 으깨기 시작했다. 귀한 나무를 들여 만들었을 것이 분명한 권좌가 순식간에 으깨졌다.

스아아아아—

탁운이 무슨 짓을 했는지 몰라도, 타버린 재라도 되는 듯 산산이 흩어진 듯했다.

내가중수법에 이어, 강기를 사용한 것이 분명했다. 권좌에 내력을 주입하고 강기를 일으켜 분해한 게다.

여기 있는 기회주의자들로서는 감히 꿈에도 꾸지 못할 기행이며, 경지였다!

"……이제는 다 쓸모없는 것이 됐지."

"매, 맹주?"

"맹주님?"

모두가 놀란 눈을 한다. 자신의 권좌를 자신의 손으로 으깨다니? 아니 부숴버리다니! 흔적조차 남지 않을 정도로!

당황스러움에 옆에 매달리듯 붙어 있던 비월이 놀란 눈을 하는 그 순간.

"낭군…… 아니 매, 맹주 대체…… 컥."

탁운의 손은 비월의 목덜미를 팍! 하고 잡고 있었다.

第六章
포식!

와득—

사람 목이 쉽게 으깨진다. 순식간에 비월의 목이 꺾였다. 단 한 수에 비월이 반응도 하지 못하고 그대로 스러졌다.

목이 잡혔다지만, 그 사이 탁운이 기운을 일으키는 것을 여기 있는 자들 중에 느낀 자는 단 하나도 없었다.

순식간에 일어난 일이었다.

비월의 경지는 초절정. 경지는 낮더라도 채음보양으로 쌓은 내력은 탁운보다도 높았다. 가진바 내력으로 항시 자신을 보호하는 그녀였다.

그런데도 일순간에 목이 꺾여 버렸으니 상황이 순식간에

일변하는 건 당연한 이야기였다.

'뭔가 잘못됐다.'

가장 먼저 낌새를 느낀 건 지천권이었다. 이 자리의 인물들 중 머리가 가장 잘 돌아가는 이였다.

탁운과 일전을 벌인다면 그녀의 역할이 중요했다. 그런 그녀가 반응도 하지 못하고 스러졌다. 반항 자체를 할 틈이 없었다.

스아아아악─

놀랄 일은 그 뒤에 일어났다. 비월의 시체가 부풀어 오르기 시작했다. 개구리가 배가 터지는 것처럼 복부가 크게 부풀었다.

온몸이 다 부풀어 올라서 금방이라도 터지는 게 아닐까 싶을 정도였다.

그 광경이 너무 괴이해서 기행이란 기행은 다 부리는 사혈맹 호법, 장로들도 인상을 찡그릴 정도였다.

이게 끝이 아니었다. 부풀었던 몸은

차악─

순식간에 변화했다. 부풀었던 온몸이 바람이 빠진 듯 푹하고 쪼그라들었다. 쪼그라든 몸은 뼈만 남아서 죽은 지 수년은 지난 듯했다.

방금 전까지만 하더라도 아름다웠던 그녀의 모습이 맞는

가 싶을 정도였다.

"흡성대법!"

"아, 아니 이건 좀······."

그들이 놀라는 것과 상관없이, 탁운은 죽은 눈으로 품평하듯 주변을 바라볼 뿐이었다.

썩은 눈깔을 하고서는 장로, 호법을 보고 무언가 가늠하고 있었다.

"보자. 흐으. 누가 좋을꼬. 그래. 네가 좋겠구나."

쑤악—

탁운의 몸이 늘어나는 듯했다. 늘어난 그의 형상이 가는 곳은 그를 제외하고 가장 높은 무위를 지닌 자. 패도창을 향해서였다.

"어딜!"

과연 그는 패도라는 말을 쉽게 따낸 건 아니었다. 이번엔 반응을 했다.

뒤춤에 차고 있던 창을 뽑아들었다. 자세를 잡아 패도창이라는 이름에 걸맞은 어마어마한 내력을 담아 내질렀다!

쒜에에에엑—

그의 내력에 옆에 있던 지천권의 머리카락이 흩날릴 정도였다.

타고난 패력에 내력까지 담은 그의 창은 이름 그대로 패도(霸道)가 담겼다. 그의 길을 막을 수 있는 건 그 어디에도 없을 듯했다. 허나.

"역시 네가 맞다."

타악.

맨손으로 패도창의 창을 탁운은 받아냈다.

"어, 어떻게!"

같은 경지에 있는 초절정이라고 하더라도 패도창의 이 한 수를 받으면 손해를 얻을 수밖에 없었다.

잘하면 한 수에 승패가 결정지어질 만큼 강력한 한 수였다. 그만큼 깔끔했다. 다시 이런 한 수를 만드는 것이 과연 가능할까 싶을 정도로.

그런 한 수였는데!

우우우웅—

탁운은 검붉은 내력을 손에 두른 것만으로 잡아냈다.

"이이이익!"

그 창을 빼내려 한다. 허나 패도창의 얼굴만 시뻘게질 뿐이었다. 탁운에 잡힌 창은 옴짝달싹도 하지 못했다.

쇳덩이에라도 창이 박힌 듯했다. 기행은 끝까지 이어졌다.

"어디 한번⋯⋯."

스아아아악—

탁운이 변화를 주는 그 순간. 창이 엿가락이라도 되는 듯

휘어지기 시작했다. 그러다 산산조각이 나기 시작했다.

탁운은 창을 쫘악하고 손으로 당기며 패도창의 애창을 그대로 조각내고 있었다.

실시간으로 자신의 창이 부서져 가는데도 패도창은 감히 반응을 할 수 없었다.

'도, 도망을⋯⋯.'

물러난 적이 없다고 하는 패도창이 도망을 생각하는 그 순간이었다.

터억.

이미 늦었다. 창을 엿가락처럼 만드는 탁운의 손에 창을 쥐고 있던 그의 손이 잡혔다.

그것으로 끝이었다.

"그러러럭."

괴음을 내면서 그의 몸이 부풀어 올랐다. 비월처럼!

그녀보다도 더 크게 몸이 부풀어 오르는 패도창은 잡혔던 창처럼 옴짝달싹 움직이지 못했다.

그러다가 펑하고 터질 순간.

"⋯⋯좋구나."

맛있는 음식을 품평하는 듯한 탁운의 말 한마디가 끝이 나고 그대로 홍―하는 바람 빠지는 소리가 나며 몸이 쪼그라들었다.

순식간에 노인처럼 변한 패도창은.

"……무, 무슨……."

마지막 말을 끝마치지도 못한 채로 숨이 넘어가 버렸다.

가장 강한 무력을 가졌던 패도창이 단 이 수를 버티지도 못하고 그대로 죽어버린 셈이다. 감히 반항도 하지 못했다.

천지의 격차와도 같았다.

기회주의자들은 계산이 빨랐다. 가장 먼저 배신을 말하던 지천권이 무릎을 꿇었다.

쿵— 쿠웅— 쿵.

이마가 터지도록 머리를 박아댔다.

"사, 살려 주십쇼! 잘못했습니다."

어른에게 혼나는 아이라도 되는 듯. 읍을 하고서 비는 지천권의 모습은 진실돼 보였다. 진심이 담기긴 했을 거다. 살아야겠다는 진심은 분명 거짓이 없을 게다.

'망했다. 망했어.'

여기 이 순간에서 도망을 칠 수도 없다는 걸 깨달은 게다.

그러면 차라리 비는 것이 났다 생각한 듯했다. 그 또한 경지에 든 무인인데도 감히 덤벼들 생각도 하지 못했다.

"죄, 죄송합니다."

"살려만 주십쇼!"

그 뒤로 다른 자들이 무릎을 꿇기 시작한다.

차라리 한 번에 덤벼드는 게 나을 수도 있었을 텐데도. 감히 덤벼들겠다고 마음먹는 자는 없었다.

'추하군……'

그 모습을 보는 탁운으로선, 바로 얼마 전 자신이 도망 갈 때의 모습을 떠올릴 수밖에 없었다.

자신 또한 운현을 상대로 대주를 던져놓고 저들과 비슷하게 도망갔다. 어쩌면 자신의 모습이 더 추했을지도 몰랐다.

전이라면 저들이 무릎을 꿇는 모습에 만족스러워했을지도 몰랐다. 어쨌거나 저들 또한 한 지역의 패자 정도는 되는 자들이었으니까.

기회주의자라고 하더라도 기회주의자다운 장점으로 이름 깨나 날리던 자들이다.

허나 빌어대는 저들을 보아하니 회상되는 자신의 모습에 보면 볼수록 반발감만 드는 탁운이었다.

'그게 좋겠구나.'

먹기 위해서는. 살아 있는 자를 먹는 것이 가장 나았지만, 저런 자들을 상대로는 살려 먹을 생각도 탁운은 들지 않았다.

"너부터가 좋겠구나."

퍼억!

하나. 머리가 으깨진다. 다시 퍼억하는 소리가 들리며 둘의 머리가 깨진다. 둘 모두 장로 자리를 차지하던 자였다.

퍼억. 퍼어억. 퍼억.

하나씩. 하나씩. 탁운은 모두 머리를 으깼다. 터져나간 뇌수가 후두둑 떨어진다.

대전이 떨어지는 것들로 더러워지는 가운데에서도 탁운만은 깨끗했다. 그의 손, 온몸을 기운으로 덮고 있는 덕분이었다.

얼핏 보면 아수라판이라도 돼가는 대전과 탁운은 전혀 상관이 없는 듯 느껴질 정도였다.

퍼억.

다들 감히 반항할 생각도 하지 못한 채로 머리가 터지고.

"사, 살려……."

마지막 지천권만 남았을 그때 탁운의 입이 열렸다. 그의 표정은 웃는 듯 보였다. 그마저도 지천권에게는 공포였지만.

"살려 주고 있잖은가."

"죄, 죄송합니다. 살려만 주시면 분골쇄신하여……."

"아아. 알고 있네. 자네의 충심. 일어나게나."

"아, 아닙니다. 감히 어찌 일어나겠습니까. 살려만 주시면……."

"아니. 아니야. 일어나 보게나."

"네, 넵!"

지천권의 어깨에 탁운이 손을 슬쩍 올린다. 모두를 잡아 먹고 뇌수를 터트린 손길 아닌가. 지천권의 몸이 움찔 떨린 다.

"왜 떠는가."

"아, 아닙니다."

"보게. 자네가 만들어낸 작품일세. 꽤 그럴싸하지 않은가."

주변을 가리키는 탁운이었다.

피. 쪼그라든 시체. 뇌수. 흩어져 버려 가루가 되어 날리고 있는 창. 어느샌가 대전에 들어와서 대전을 둘러싸고 있는 검은 복장의 암검대 무사들.

그 어느 하나도 정상인 듯 보이는 건 없었다.

'미쳤다…… 미쳤어.'

이걸 작품이라고 하다니 광인(狂人)이 아니고서야 내뱉지 못할 말이었다. 그런 말을 내뱉고서도 탁운은 만족스러운 듯 웃음 짓고는.

"이제 대미를 장식해야 하지 않겠는가."

"그, 그럽지요."

"가장 오래 살려주었으니, 이제는 가게나."

꽈아아악—

"끄아아아아악!"

탁운이 어깨를 꽉 쥐는 그 순간 지천권의 어깨가 으스러진다. 뼈째로. 신경, 근육, 뼈. 그 모든 게 하나라도 되는 듯 뭉친다.

그것으로 끝났으면 차라리 나을 텐데! 탁운은 끝끝내 멈추지를 않았다. 그러곤.

"······잘 가게나."

마지막 인사와 함께 지천권을 잡아먹기 시작할 뿐이었다.


*　　　*　　　*


"휴우······."

순식간에 상황이 종료됐다. 대전은 어지러워졌고, 탁운은 산보라도 하여 기분이 좋아진 것처럼 깊게 미소를 지을 뿐이었다.

"이 다음은 어찌해야 할지 알겠지?"

"뇌수가 으깨진 자들은 다시 쓰기 힘드오. 이어 붙이려면 시간이 걸릴 거요."

"그쯤은 자네들이 알아서 해야 하는 것 아닌가. 나는 이 손으로 만든 맹을 부숴 네놈들에게 던져주지 않았나."

"······."

임시로 암검대주를 맡은 자가 침묵한다. 그는 본래 대주를 하고 있던 자에 그 무력이 훨씬 미치지 못했지만 약하지도 않은 자였다.

그렇다 해도 지금의 탁운처럼 이 아수라장을 만들 정도는
아니었다.

고삐가 풀려버린 현재의 탁운은 암화에서 만들어준 방식
까지도 소화하며 괴물 자체가 되어가고 있었다.

'……완전히 돌아버렸군. 하기는 그게 나을지도.'

잠시의 침묵 뒤에. 암검대주의 입이 열렸다.

"……해 보겠소."

"그래. 그거면 되는 거야. 자자, 어서 움직여 보라고. 어디
한번 자네들이 말하는 세상이 어떤지 보자고."

"……."

대체 뭘 얻으려 이러는 걸까. 모두가 어두운 가운데 탁운
의 눈만이 요사스럽게 빛날 뿐이었다.

*　　　*　　　*

퍼어어억!

—키약!

주먹이 휘둘러진다. 분쇄된다. 남는 것은 조각뿐.

'완전히 끝내야 해. 대체 이번엔 또 어떤 방식으로 만든
게지.'

놈들을 죽이기 위해서는 확실히 처리를 해야만 했다. 팔이 끊어지면 이빨로라도 물어뜯으려 달려드는 놈들이다. 다리가 끊어지면 기어서라도 쫓아온다.

산자에 대한 망자의 분노. 그 외의 것은 존재치 않는 강시였으니까.

이미 여러 강시를 처리한 바 있는 운현이었지만 이번 강시들은 또 달랐다.

'물렁해.'

몸 자체는 단단치 못하다. 잘 만들어진 강시는 금강불괴에 도달한다고 하는데, 이건 그러지 못했다.

검기까지 갈 것도 없이 잘 휘두르기만 해서 베도 어찌 부상을 입힐 수 있는 정도다. 검을 잘 휘두르는 자는 그럭저럭 벨 수 있다.

한 합에 집중해서 휘두를 수만 있다면!

하지만 그건 어디까지나 베는 거다. 절단을 내지 못하면.

'재생한단 말이지.'

대체 무슨 방식에선지 몰라도 재생해 버린다. 단단함. 그 하나만으로 무림인들을 공포에 물들게 하는 강시들과는 또 다른 모습이다.

이 강시들은 베면 베이는데 제대로 절단을 하지 않으면 재생을 해버린다.

결국 절단을 낸다고 하더라도 몸에 다시 달라붙어 재생하기까지 한다.

처음 잘라낸 팔이 기어 올라와서 몸에 들러붙은 모습을 보았을 때. 그 모습만큼은 험한 꼴 다 본 운현마저도 기함할 정도였다.

재생되는 강시라니. 그리고 그것을 주력으로 사용하는 강시라니. 전혀 상상하지도 못한 모습이었다.

결국 단단하지 않지만, 단단한 강시보다도 더욱 상대하기가 힘들어진다. 완전히 분쇄하는 방법뿐이다.

—키야아아아아악!

—캬악!

"베라!"

쯔아아아아악!

완벽히 절단을 내는 자들이야 그나마 다행.

퍼어억!

검이 강시의 몸통 중간에 박혀 베어내지 못한 자는.

—키야악!

"……어억!"

"피해!"

몸의 부상도 아랑곳하지 않고 덤벼드는 강시에 큰 피해를 볼 수밖에 없었다.

'역발상이야.'

단단하지 않지만, 단단한 강시보다도 까다로운 것.

고수들이야 전에 있던 단단한 강시보다 분쇄하기가 쉬우니 잡는 것이 수월하지만, 하수에게 있어서는 더욱 치명적인 강시였다.

베어도 제대로 죽지 않는 강시나, 단단해서 베기도 힘든 강시나 하수에게는 상대하기 힘들기는 매한가지나, 오히려 더 까다롭다고 할 수 있을 정도.

'제대로 움직이겠다 이거지.'

이런 강시들이 수없이 달려들고 있었다.

―키야아아악!

―키약!

어디 주문이라도 외워서 뽑아낸 것처럼 많은 수가 운현과 청룡검대를 향해서 달려들기 일쑤였다.

이곳 호남성이 운현도 모르게 강시를 제조하는 제조장이라도 된 듯했다.

이것만 아니었더라면.

'벌써 잡았을 것을.'

강시가 발목을 잡지 않았더라면 운현은 이미 탁운을 잡고도 남았을 거다.

그가 살기 위해서 숨겨 놨던 강시를 풀어 놨기에, 발목이 잡혔다. 망할 일이었다.

'한 방 먹었어.'

묵직한 한 방을 맞은 건 아니지만, 타격을 입을 만한 한 방을 탁운에게 제대로 맞았다.

'죽든 살든 해 보자는 거겠지.'

어쩌면 암화의 최대 전력이랄 수 있는 게 강시 아닌가.

전부터 이곳저곳에서 강시를 생산하는 곳을 만들어 놓고 활용했던 암화다.

운현이 강시를 상대하는 방법을 고안하고부터 강시들의 수가 급감했었거늘!

그 사이에 또 어디서 새로운 수를 만들어 내서, 전에 없던 강시를 만들어냈다.

전보다 약하되.

'……만들기는 더 쉬워진 듯하단 말이지.'

수는 많아진 그런 강시들이 달려들고 있었다.

지금 이 순간에도!

들리는 정보로 이곳뿐만 아니라 호남 전역에서 강시가 들끓기 시작했다. 호남을 중심으로 점차 퍼져나가는 형상이었다.

'망할 것들.'

이 강시들을 만들기 위해서 얼마나 많은 자가 죽었을지.

얼마나 많은 자들이 죽어서도 농락을 당했을지 모를 일이다.

어쨌건 앞에 있는 것들을 상대해야 했다. 탁운에게 한 방 먹은 건 이것들부터 처리를 해야만 갚아줄 수 있었다.

결국 운현이 제대로 움직여야 했다.

"둘러싸도록 하세요. 우선은 제가 맡습니다. 그게 피해가 적습니다."

"예!"

무사들에게는 견제만 맡길 뿐이다.

—캬아아아악!

무사들이 물러나자 흥이 식어버린 듯, 괴성을 내지르는 강시들이었지만 상관없다.

본래부터 흥분해서 날뛰는 것이 강시. 견제만 하는 것 정도는 청룡 무사들로서도 충분했다.

청룡검대 무사들이 강시들을 둘러쌌을 때.

"갑니다!"

타악!

운현을 발을 디뎌 뛰어오를 뿐이었다. 그대로 공중으로!

화아아악—!

기운을 끌어 올려, 천근추를 역으로 돌린다. 잠시나마 깃털처럼 가벼워진 운현의 몸이 공중에 부웅— 뜬다.

가볍게! 표홀하게!

공중에 떠 있던 그 짧은 사이. 그 시간 동안 운현은 가만있는 게 아니었다.

'저기군.'

강시들이 가장 뭉쳐 있는 곳을 파악한다. 그들을 둘러싸고 있는 청룡검대와 강시의 거리를 가늠한다. 계산을 끝낸다!

모든 계산이 끝이 나는 그 순간!

고오오오오—

끌어 올린 기를 한 점으로 모아 끌어 올린다. 그의 기운이 향하는 곳은 당연히 밀집된 강시가 있는 곳!

화아아아악!

성스러운 빛이라도 되는 양 환하게 빛나는 운현의 기운이 검을 타고 흐른다. 검에 머무르는 건 촌각뿐!

타고들어 간 검이 순식간에 강시들과 부딪친다.

콰과와가가가강!

엄청나 폭음.

—키야아아아악!

가장 중심에 있었던 강시가 본능적으로 운현이 보낸 기운을 쳐다보는 그 순간. 이미 기운은 괴성을 지르는 강시의 몸을 그대로 조각조각 내고 있었다.

빛을 먹은 강시의 몸이 순식간에 부풀어 오르더니 터진다.

빛은 옆으로 옆으로 번져나갔다. 흡사 강시가 흡수하는 것처럼 기운이 타고들어 간다. 기운이 타고들어 간 뒤에 남은 것은 하나.

폭사(爆死)!

콰광! 콰과과과앙!

스며든 빛이 폭사를 선물해 주며 강시를 조각조각 낸다. 더 이상 재생을 할 엄두도 내지 못할 만큼!

운현이 강기를 날린 곳. 그곳에 있던 강시들이 전부 폭사하여 사라진다. 산산조각이 나 남은 흔적이라곤 폭사의 흔적과 육편 조금뿐이었다.

형체가 남지도 않았다.

강시가 있던 곳은 텅 빈 채 움푹 패여 있었다.

"와아아아아!"

"허어……."

모두가 놀라든 말든. 운현은 부양했던 몸이 바닥에 안착하는 그 순간을 기다렸다.

―캬악!

땅에 내려서자마자 강시가 운현을 기다렸다는 듯 달려든다.

보통 사람이라면 운현의 무위를 보고 내심 가슴을 움츠렸을 터. 허나 산 자에 대한 증오만 남은 강시는 겁도 없이 운현에게 달려들 뿐이었다.

다른 자라면 그런 강시를 보고 기염을 토했을 거다. 흉악함에 질려 버렸을지도 몰랐다. 허나 운현은.

'잘됐어.'

자신을 피해 도망가는 적보다, 자신에게 달려드는 적이 되레 반가웠다.

더 빠르게! 더 쉽게!

쫓을 필요도 없이 적을 상대할 수 있으니까!

스아아아악—

땅에 내려서자마자 달려드는 강시들을 향해 운현의 검이 가로로 휘둘러진다.

운현의 검이 가로로 선을 길게 그리면 그릴수록! 운현의 검에 맺혀져 있던 강기는 촌각도 되지 않은 시간이 지날 때마다 더! 더! 더! 길어졌다.

계속해서 길어진 강기는 순식간에 강시 수십을 벨 정도!

아무리 단단하지 않다지만, 어지간한 무사라도 하나의 강시를 베기도 힘들거늘!

—키야야아아악!

—키약!

운현은 순식간에 수십의 강시를 그대로 베어버린다.

순식간에 강시들의 몸이 반 토막이 난다. 다시 재생하려

한다. 놈들의 재생력은 그만큼 뛰어났다. 베인 그대로 달라붙으려 할 정도다.

강기로 베인 부분이 사라진 덕에 길이는 짧아지지만, 베여진 채로 몸이 재생되는 꼴을 보고 있노라면 흉악하기 그지없는 장면이었다.

—키야아아아악!

운현은 여기서 멈추지 않았다. 베여진 강시들의 몸에는 아직도 운현의 강기가 스며들어 있었다.

그가 외쳤다. 주문이라도 외우는 듯.

"……폭!"

운현이 한 글자를 외우는 순간.

콰아아아앙! 콰앙! 쾅!

아까처럼 폭음이 일어나며 그대로 강시들의 몸을 태워버린다.

—키약!?

베이지 않던 강시들. 운현에게 계속해서 달려들던 강시들은 바로 옆에서 일어나는 폭사에 같이 휩쓸렸다.

다시금 수십의 강시. 거의 백에 가까운 강시가 폭발의 피해를 입는다.

"……어떻게."

"여기는…… 허."

그럼에도 강시를 둘러싸고 있는 청룡검대의 무사들 중에서는 그 누구도 피해를 입은 자가 없었다.

운현이 폭발의 범위까지 계산해서 날렸다는 소리다. 말도 안 되는 계산이며 기예.

운현이 자신의 기운을 정확하게 다룬다는 방증이었다.

"더 몰아붙여요! 좁히도록 하세요!"

무사들이 놀라는 와중에서도 운현은 계속 움직이기 시작했다.

'본격적이라면 좋지. 어서 모습을 드러내라.'

모습을 드러내고 달려드는 적. 강시.

이들 강시를 운현은 눈에 담아 두고 있지 않았다.

─키야아아아가!

자신에게 달려드는 강시들을 베면서도 운현은 다른 곳을 바라보고 있었다.

가장 가까이는 강시들을 움직이게 하고, 암화를 끌어들인 탁운!

그 뒤로는 강시를 만들었을 암화. 최종적으로 그 암화를 탄생시킨 암화의 지배자에게 운현의 시선은 이미 머물러 있었다.

모습을 드러낼 그 순간만을 기다리며!

第七章
발호(跋扈)!

공격자가 방어자가 됐다.

소위 나라끼리의 전쟁도 공격만이 전부는 아니었다. 점령을 한다고 해도 점령지를 지킬 전력이 있어야 했다. 점령하느라 소모된 전력을 보충하는 것은 기본이었다.

그렇기에 전쟁은 어지간히 상대가 탐스럽지 않고서야 일어나지 않는다. 아니면 그 이상의 대가가 있어야 했다.

그것이 나라끼리의 전쟁. 그중에서도 일부.

정파와 사파의 전투도 비슷했다. 설사 사파의 영역을 차지한다 해도 당장 정파가 얻을 것들은 많지 않았다.

그렇기에 십 년의 봉문으로 만족을 했던 터다.

완전히 적이라 할 수 있는 자들. 사혈맹에 적극적으로 참여한 자들을 처리하고, 십 년간 대다수의 사파인들이 봉문한 사이. 그리고 십 년 뒤 봉문이 풀린 사파와 봉문하지 않았던 사파의 예정된 싸움.

그 사이에서 득을 얻는 것 정도. 그만으로도 정파로서는 충분했다.

십 년간의 차이라면 장기적으로 사파인들을 완전히 누를 수 있다는 생각을 한 게다. 여기까지는 분명 합리적인 선택이었다.

하지만 이 합리적인 선택은 추후의 일. 사파와의 대전이 끝나고 십 년, 아니 그 이상의 시간을 생각해서 벌인 일이었다.

최상이었다. 지금까지는. 아니, 이제부터는 아니었다.

당장 사파의 영역을 차지하고 있는 정파는 그 영역의 정리가 필요하게 됐다.

—캬아아아악!

—캬악!

강시의 발호가 커졌다.

*     *     *

다들 죽을상을 하고 지도 하나를 바라보고 있었다. 그들이 있는 강서성의 지도다.

본디 구하지 못할 지도지만, 지금은 되레 동창에서 내줬다. 오죽하면 강서를 살피는 동창의 무사들도 이곳에 자리 하나를 차지하고 있을 정도다.

"여기도군!"

전령이 오고갈 때마다 지도에 표시해 놓았던 작은 말을 하나둘씩 세운다.

손톱만도 못한 작은 말이지만, 이 작은 말이 지도에 세워질 때마다 사람들의 인상은 펴질 줄을 몰랐다.

주름이 깊어진다.

"림고산. 악안. 백운산. 곳곳에서 일어나기 시작했습니다. 한 곳을 중심이라고 보기에도 무리가 있습니다."

"허어……."

"분명 호남이 중심 아니었던가?"

"호남도 난리가 아니라고 합니다. 문제는 그 이상으로 이곳도 그렇다는 게 문제지요."

"말도 안 되는…… 대체 언제부터 이렇게 준비를 했단 말이오!"

"……."

무적자의 외침에 대답할 수 있는 자는 아무도 없었다.

어지간한 일에는 닫히는 법이 없는 제갈소화의 입조차도
열릴 생각을 못했다.


강시가 뭔가.

강시문이니 혈정문이니, 혈교의 일부가 사용하는 것이 강
시였다. 초기의 무림. 주술도 사용하는 자가 넘쳤다던 그 시
절에는 의외로 강시가 많았다.

전장에서 죽은 자들의 염을 위해 고향까지 보내주려 만들
었던 것이 초기의 강시.

그런 강시들이 넘치는 것은 물론이고 무림에서 한자리 차
지하겠답시고, 혹은 복수를 하겠답시고 만들어진 강시들의
종류는 하나같이 많았다.

허나 제대로 된 강시는 드물었다. 뭣 하나 문제가 있거나,
만들어져도 활용이 힘든 것들이 다수였다.

제대로 된 강시? 그런 강시들은 만드는 것 자체가 힘들었
다.

몇 년, 길면 수십 년을 제련해야만 제대로 뽑아낼 수 있는
것이 강시였다.

추후에 강시술이 발달하고 나서는 몇 년 만에 철강시나
동강시 등을 만들어내서 사용하긴 했다.

허나 그조차도 시간이 꽤 걸렸다. 수십을 양산하는 데 들

이는 금은보화와 힘은 차라리 무림인을 양성하는 게 나을지도 모른다는 소리를 들었을 정도다.

그마저도 위협적이긴 해서, 다른 무림인들에게 토벌당하긴 했다.

강시 그 자체는 분명 강력했지만 그 한계가 명확했다. 생산 자체가 힘든 것이 한계.

그런 강시가 이리도 쉽게 쏟아져 나온다? 대량으로?

그렇다면 강시를 만들 수 있는 자가 세상을 지배하고도 남았을 터다. 강시의 보유수로 무림의 서열이 정해졌을지도 모를 일이었다.

지금 일어나는 일은 절대 상상치도 못하던 일이다. 그러니 다들 죽을상을 할 수밖에.

가만 지켜보던 제갈기가 상황을 정리한다. 섭선을 멋들어지게 사용하는 자였다.

"······어떻게가 중요한 건 아닌 것 같습니다. 일단 발호한 것들을 처리해야 하지 않겠습니까."

"으음······."

그의 말에 무적자가 정신을 수습한다.

제갈기의 말이 맞았다. 흥분을 했기에 중요한 것을 잠시 잊었다.

"······중심지가 이곳 강서만 세 곳. 아직 차지하지 못한 사파의 영역은 그렇다 쳐도 이곳은 확실히 문제군."

"봉문한 자들을 다시 불러들여야 할지도 모릅니다."

"음…… 그렇게까지는 안 해도 될 것이오. 그대로 두어도 적어도 자신들의 영역을 지키기 위해 나서겠지."

"그건 너무 잔인한 수가 아니오? 아무리 사파의 사람들이라도."

"우리가 모두를 살릴 수도 없지 않소. 이게 최선이오. 우선은 그들은 각자도생(各自圖生)하게 하도록 하고……."

"그 다음은 어찌합니까?"

"우리끼리는 대대적으로 강시를 토벌해야겠지. 휴우."

사파의 영역을 정리하고, 그걸 차지한다 싶었더니 다시 강시라니. 모든 것이 원점으로 돌아간 셈이었다.

당황스런 상황에서도 어찌 수습을 하고 움직이려고 해보지만, 걸리는 건 많았다.

"어찌 처리를 한다."

이미 쏟아진 강시. 어쩌면 더 쏟아질 강시의 다수를 정파인들이 처리를 해야 하긴 했다.

"그래도 이 강시들만 처리하면 어찌 되지 않겠소."

"그러기만을 바라야 하겠지요."

숨어 있는 암화. 그들을 염려하고 있는 무적자를 제외하고, 다른 자들은 강시를 사파의 최대최악의 발악으로 생각했다.

어떻게든 강시들만 처리하면 되지 않을까 여긴 거다.

"자자, 그럼 힘을 내 봅시다."

"흠…… 우린 우선 백운산부터 처리를 해보도록 하지요. 그곳이 강서의 중심이라면 중심 아닙니까. 가장 강시 수가 많기도 하지요."

"좋은 수올시다."

강시를 없앨 방안을 한참 강구하고 있는 상황이었다. 호탕하다는 성격을 가진 무인이다 보니 일단 방안을 강구하자 다들 활기가 돌기 시작했다.

"강시는 진법이 잘 먹히지 않으니, 차라리 화공을 사용하는 것도 방법일 겁니다."

"오오. 그것도 좋구려."

화공. 몰이. 유인.

별의별 방법이 순식간에 쏟아져 나왔다. 의욕적이었다. 희망의 불씨가 만들어지나 했는데.

"그, 급보입니다!"

수없이 오고가던 전령들 중 하나가 다급한 얼굴을 하고 뛰어왔다.

꽤 먼 거리에서 왔는지 다른 전령들보다도 상태가 더 안 좋아 보였다. 완전히 해져 버린 신을 보자니 꽤 먼 거리를 달려왔다.

복장을 보니 동창 무사 중 하나가 분명한데, 동창 출신이라는 자부심보다는 다급함만 가득했다.

"뭡니까? 대체?"

모두가 그에게 집중한다.

희망의 불씨가 커져가던 와중에 들이닥치니 흥이 확 식어버린 표정이었다. 또 강시 하나가 발호했겠거나 하는 표정이었다.

과장이 조금 심할지도 모르는 자라고 여겼는데.

"그것이, 강시가!"

강시가 발호하는 것까지는 맞았는데,

"……쏟아졌습니다!"

"어딜 말이오?"

발호하는 곳들이 상상 이상이었다.

*　　　*　　　*

"말이 되오?"

"……실제로 일어난 일입니다."

"허."

사천. 감숙. 섬서. 하북. 북경. 산동. 모두가 정파의 영역인 성들이다. 그곳들 모두 강시가 발호했단다.

그 과정이 비슷했다. 그들이 지금 있는 곳처럼 중심지 몇 개를 두고 그대로 강시들이 뛰어나왔다고 한다.

몇 개의 중심지에 몰려 있는 강시의 수는 수천이 넘을 지경.

어디서 그런 강시가 만들어졌는지도 모른다. 여기서 더 강시가 추가될 거라곤 누구도 상상하지 못했다.

수가 생각 이상으로 불어버렸다.

"……차라리 그 옛날 난을 일으킨 자들도 이 정도는 아닐 것이오."

다들 좌불안석이 됐다. 각 성에 가문이나 문파가 있기에 그 정도가 더 심했다. 가족뿐만이 아니라 떠나 사제관계에 있는 자들도 있으니 무리도 아니었다.

본파나 가문에 남은 자들도 분명 강하기는 하지만 수천의 강시라니!

무림맹에서 나온 자들이 정파 무림인의 전부는 아니라지만 쉽게 생각할 문제는 아니었다.

"……."

"……으음."

동창의 인물들도 마찬가지. 북경의 그들보다도 더 뛰어난 동창 무사들이 있음을 안다. 하지만 걱정까지 감추지는 못했다.

'북경은 아니라 생각했거늘…….'

북경에서 그 난리를 피웠다. 황궁 사건 이후 동창의 무사들이 나서 관련자들을 전부 처리했다 여겼다.

그런데 그러지 못한 듯하다. 암굴이 쌓여 있는 곳에서 강시들이 튀어나왔다고 한다.

암화가 스쳐 지나갔다 여긴 곳들. 혹은 상황이 복잡하게 돌아가 암화에서도 잊어버렸다 여긴 곳들이 실상은 잊혀진 게 아니었다.

그들은 한 수가 아니라 몇 수 뒤를 보고서 준비를 한 게 분명한다.

'대체…….'

암화의 우두머리라는 자의 머리 회전은 상상도 하지 못할 만큼 뛰어난 게 분명하다.

"흡……."

다른 정파인들보다 상황을 더 깊이 아는 동창 무사들로서는 자신도 모르게 몸을 부르르 떨 정도였다.

'신의. 그로서도 가능할 것인가…….'

이 정도의 뛰어남이라니.

과연 그 뛰어난 신의도 암화의 우두머리를 상대할 수 있을지 의문이 든다.

운현의 활약이 있었다지만 이번 강시의 발호는 그들의 상상 이상이다. 일이 있은 후 중원 전역을 샅샅이 뒤져 암화의 영역을 좁혔다 여겼는데 아니었다.

당장 동창 무사에 더불어 군부도 나설게다. 이 일은 그 정도의 규모는 되었다.

무림인들도 자신들의 것을 지키기 위해서 나설 태세이니, 어찌 수습이 될지도 몰랐다.

허나 여기서 더 숨겨진 수가 있다면,

'상상도 못 하겠군.'

그때는 황실 자체가 사라질지도 모를 일이었다. 국운 자체가 걸렸다. 단순한 무림의 문제가 아니었다.

'……무얼 생각하는 건가.'

대체 암화의 우두머리가 이렇게까지 해서 얻으려는 건 뭘까.

무림을 얻으려고 하는 것인가 여겼는데, 무림 자체를 적으로 뒀다.

차라리 반란을 일으켜 나라를 차지하려는 건가 싶었는데, 이건 그 도를 넘었다.

곳곳에서 문제를 일으키고 민심을 흔드는 거야, 반란을 일으키는 자들이 쉬이 하는 일이다.

하지만 이건 문제 정도가 아니라, 나라 자체를 뒤엎어 버리는 게 아닌가!

이 상황 뒤에 황폐해질 중원을 생각하면 대체 무슨 생각으로 이리 나선 건지를 알 길이 없었다.

"휴우……."

누군가의 한숨은 의미가 깊었다.

방금 전까지만 하더라도 희망을 불태웠는데, 전령의 전언하나에 그 불길이 사그라들었다.

그때 누군가의 목소리가 조용하면서도 웅혼하게 울려 퍼진다.

"그래도 신기하게도…… 하남이나 산서는 비었구려. 거기다 호북도…… 흐음."

종남의 안화성이었다. 장로급들과 동급이라 할 만한 그는 무적자와 오랜 인연이 있어 이번 대전을 크게 도왔었다.

특이하게 검보다는 장공을 집중적으로 익힌 그는 벽운천수(碧雲天手)가 거의 극한에 다다라 있었다.

그의 장력에 매서움은 일절이었다. 그 매서움을 그대로 가지고 무적자를 바라보니 모두의 시선이 자연스레 무적자를 향한다.

'때가 됐나…… 흐음…… 아직 이르거늘. 어찌한다.'

분위기가 이상해진다.

이대로라면 같은 정파인들끼리 이상한 생각을 하는 것도

무리는 아니었다. 몇몇 성에 강시들이 드러나지 않은 건 공교로웠다.

'전부는 힘들다.'

아직 때가 되지 않았다. 어떤 이유에서건 먼저 모습을 드러내게 하는 건 어려웠다. 마지막의 마지막까지 도달했다지만 암화는 암화다.

정체가 드러날수록 그들이 했던 짓은 상상을 초월했다.

여기서 더 무슨 짓을 할지는 상상도 가지 않지만 차라리 모르는 게 나을 수도 있었다.

어차피 전력을 다해서 처리해야 할 강시라는 존재들도 있지 않은가. 이 강시들을 처리한 후 승기를 잡고 알리는 것도 나쁘지 않았다.

그래도 당장은 무언가 알리긴 해야 했다.

"그것이……."

무적자의 입에서 조금이나마 암화의 전모가 전해지기 시작한다.

                    *         *         *

방안을 찾기보다 바로 움직인 자들이 있었다.

남궁미가 이끌고 있는 자들이 그러했다. 남궁가에서 그녀와 같은 또래의 인원 몇. 천무대라고도 불리는 무사들 백을 이끄는 이들이 그 주인공이었다.

제갈소화와 함께하다가 잠시 떨어져 임무를 위해 광동 부근에서 움직이는 그녀였다.

본디는 사파 문파 중 하나를 토벌키 위해 움직일 예정이었다.

광동쯤 되면 남쪽의 끄트머리쯤 되기에 아직까지도 반항하는 사파의 문파가 꽤 됐다.

아니면 본디 광동의 사파인은 아니나 광동으로까지 도망가 몸을 숨기는 자들도 꽤 되는 형편이었다.

"제가 가죠."

강시가 나오기 이전 이 상황에 다들 골머리를 앓고 있던 터. 남궁미는 그들의 처리에 자원했었다.

해서 광동 어귀까지 왔지만 보이는 건 자신들이 추격해야 할 도망자들이 아니라 강시들이었다.

운현의 앞에서야 수줍음을 보이긴 해도 그녀는 뼛속까지 무인이었다. 운현을 만나기 이전부터 그녀는 그랬다.

―캬아아악!

―캬악!

바로 눈앞에서 강시들이 날뛰는데 그냥 지나갈 그녀던가.

강시들의 수를 본 그녀는 바로 파악했다.

'쉽게 이길 수 있다.'

추격을 위해서 달려온 이쪽도 많은 수는 아니지만, 저 정도의 강시들은 처리할 수 있을 거라 여겼다.

잘해야 이삼십 정도. 그의 다섯 배가 넘는 인원이라면 분명 가능한 전력이었다.

"……쳐요."

남궁미의 명이 떨어졌다.

"갑니다!"

"명!"

"몸 조심히……."

가문의 사람, 무인, 그녀를 따르는 자들이 각자의 외침을 더하며 쏘아져 나가기 시작했다.

백이 조금 넘는 수지만 무인들이 동시에 경공을 펼쳐서 날 듯 달려가는 모습은 분명 장관이었다. 표홀하기 그지없었다.

그 뒤를 그녀가 따랐다. 가장 늦게 출발했지만 어느샌가 가장 선두에 도달하고 있는 이는 바로 그녀였다. 그만큼 빨랐다.

쒜에에엑—

그녀의 검이 휘둘러진다. 강시가 지지 않는다는 듯 손을 휘젓는다. 독이라도 있는 건지 손끝이 검게 변해 있었다.

그 손에 당하면 곱지는 않을 상황이었다.

"⋯⋯어딜."

강시의 손을 물 흐르듯 자연스레 몸을 비틀어 피한다. 그녀의 검은 그 짧은 사이에 강시의 몸에 퍽하고 박혀 있었다.

─캬아!

고통을 느끼지 못하는 강시지만, 자신이 실패했음은 알았다.

투욱.

팔 하나가 바닥 아래로 떨어져 나갔다. 팔이 파닥파닥이며 아직도 움직일 수 있음을 잔뜩 시위하고 있었다.

괴기했다. 그 괴기한 상황에도 그녀는 검을 멈추지 않았다.

강시의 왼쪽 팔에 이어 오른쪽 팔을 끊어낸다. 바닥에서 꿈틀대는 팔을 용천혈에 잔뜩 기를 불어 넣어 퍽하고 밟는다. 와득하며 팔이 으깨진다.

팔이 으깨져 움직임을 멈추는 그 사이에도 검을 한 번 더 휘둘러 냈다.

콰즈즈즉─

몸이 반으로 으깨져 버린다. 가로가 아닌 세로로 길게 베어져 양옆으로 몸뚱어리가 쪼개진다.

─캬아

그러고도 움직이는 강시의 모습은 더욱 괴상했다. 심장이 사라지고도 놈은 움직임을 멈추지 않았다. 전과 달랐다.

'여태까지 상대하던 것들과 확연히 달라. 머리인가.'

퍼억.

가차 없이 휘둘러진다. 망설임도 없다. 머리가 으깨진다. 그제서야 괴성을 내지르던 강시의 몸이 멈춘다. 그래도 남은 오른팔 하나는 마지막까지 퍼덕였다.

"머리를 잘라요! 산산조각 내든지!"

"알겠습니다!"

그녀의 명에 대응 방안이 바로 전해진다.

토벌을 위해서 급히 움직였던 그녀다. 남쪽 끝 광동에 있다 보니 강시들에 대한 정보는 아직 듣지 못한 터다.

정보가 없어도 판단은 옳았다.

하나를 처리하고 바로 하나.

─캬아아악!

몸을 무기로 덤벼드는 강시를 또 벤다.

운현보다 경지는 떨어지지만 전투에 있어 판단력은 타고난 그녀다웠다.

괴이하기까지 한 강시들과 다르게 검을 휘두르며 움직이는 그녀의 모습은 신비스럽기까지 했다.

그 신비스러운 모습. 표홀함. 모든 시선을 흡수할 기세로 움직이는 그녀의 움직임은 언젠가라도 계속될 듯했다. 그러나.

"……!"

그녀의 눈이 크게 떠진다. 놀라는 일이 거의 없는 그녀가 우뚝 전투 한가운데에서 멈춰버린다.

"어떻게!"

운현과 사파에서 임무를 수행했던 그녀다. 그녀가 잃어버린 자. 한으로 맺혀 있던 자가 바로 눈앞에 있었다.

—캬아아아아!

오래전 탁운이 따로 챙겼던 남궁가의 무사가 이곳에 있었다. 강시가 돼서.

살아 있다면, 아니 살아 있을 리 없겠지만 다시 만난다면 해후라도 나누려 했건만. 강시가 될 줄이야.

'처음부터 노렸나…….'

순간 그녀는 직감했다. 이곳에 눈앞의 강시. 남궁가의 무사였던 자가 있다면 이야기는 뻔했다.

그녀를 노린 거다. 처음부터.

'암화의 정보력인가…….'

사파는 현재 정보력이 현저히 낮은 상태. 누군지는 뻔했다. 암화다. 어찌 정보를 얻었는지 몰라도 눈앞의 강시를 이용해서 남궁미를 흔들려 하는 게 분명했다.

—캬아아악!

남궁미의 눈이 놀람으로 잔뜩 커져 있었다. 그녀를 놀라게 하려 했다면 분명 먹혔다. 하지만.

'벤다.'

그 놀람으로 차마 남궁가 무사였던 자를 베지 못할 거라 여겼다면 그건 분명한 오판이었다.

그녀는 무사며, 무인 그 자체다. 운현 하나를 제외하고 그녀가 베지 못할 건 없었다. 필요하다면 한때 남궁가의 무사였던 그도.

스아아아악—

망설임 없이 벨 수 있었다. 고작 이걸로 그녀를 흔들려고 했다면 패착이다. 될 리가 없었다. 그녀는 그런 여인이었다.

퍼어어억.

듣기 싫은 육편음이 난다. 으깨진다. 최대한 깔끔한 죽음을 선사하려 그녀의 검은 표홀히 움직였다. 그녀의 모든 힘이 이 검 하나에 맺혀 있었다.

"우욱……."

차마 가슴 아래서부터 올라오는 거북함을 이겨낼 수는 없던 건지, 자신도 모르게 헛구역질을 하는 그녀였다.

그걸 노렸을까!? 이들의 수는 고작해야 강시 하나가 아니었던가!

"……걸렸다."

생각지도 못한 곳에서 음성이 들려왔다. 그녀의 바로 옆이었다!

강시들과 같은 복장을 하고 있지만, 살아 숨 쉬고 있는 자가 있었다. 잘해야 약관. 그러나 젊은 나이답지 않게 그가 강시로 위장한 모습은 제법 노련했다.

어디서 나왔는지 모를 그가 남궁미를 노리고 있었다!

# 第八章
## 암습!

강시 사이에서 사람의 육성이라니? 생각지도 못했다. 아니 생각하는 것 자체가 이상했다.

하긴 사람이 있다는 게 중요한 게 아니었다.

'……어떻게!?'

어떻게 대응하냐가 중요했다. 그만큼 상대의 공격은 순식간이었다.

'반응을!'

꾸우욱—

남궁미가 반응을 하기도 전에 무언가가 치고들어 왔다. 그녀에게 말을 걸때에 그는 이미 칼을 들이밀고 있었다.

아니 이건 보통 칼이 아니었다.

'신의님의……?'

운현이 수술도구로 사용하는 것과 비슷했다. 장침처럼 얇으면서도 날이 만들어져 있었다. 장인이 만든 게 분명했다.

어렵사리 만들었을 게 분명한 기괴망측한 그것은 순식간에 남궁미의 몸을 완전히 관통했다. 관통된 곳은 단전이었다!

"……윽."

갑작스럽게 몰려드는 고통에 그녀가 자신도 모르게 신음을 흘린다. 그녀기에 이 정도다. 다른 이라면 비명을 질렀어도 부족하지 않았다.

고통은 점차 커졌다. 고통이 적은 것도 이상했다. 무려 단전이 뚫렸으니.

'……안 돼.'

그 뒤는 뻔했다. 단전이 꿰뚫리고도 무인일 수는 없었다. 무인의 모든 것이지만 약하기만 한 단전은 꿰뚫리면 그대로 파괴된다.

그런데.

'……느껴진다.'

단전은 아직까지도 느껴졌다.

이상한 일이었다. 찔리는 그 고통, 단전이 울리는 고통도 점차 줄어들기 시작했다. 마치 마취라도 된 것처럼.

괴이한 일이었다. 상황을 파악하지 못함에 남궁미가 멍하니 있으려니, 육성이 다시 들려온다.

"킥…… 천운이라도 생긴 거라 보는 거냐?"

노인의 말투이면서도, 어린 육성을 내고 있는 상대의 어조에는 비웃음이 함께 서려 있었다.

한 가지 특이한 게 있었다. 분명 검을 찌른 건 상대였다. 그럼에도 상대는 남궁미와 똑같이 검에 찔리기라도 한 것처럼 고통스러워하고 있었다.

온 얼굴이 땀으로 젖어 있었다. 그의 주변을 흐르고 있는 기운도 신기루라도 되는 듯 사라져 가는 느낌이었다. 신기하게도 그의 기운이 점차 줄어들고 있었다.

남이 무슨 상관이랴. 적은 적이다.

"……시끄러."

고통 속에서도 남궁미가 검을 들이밀려 하는 그 순간.

"그러면 안 되지."

사내는 비릿하게 웃으면서, 남궁미의 몸에 박아 넣었던 기괴한 쇠침을 슬쩍 비틀었다.

"으윽……."

처음보다도 더한 고통이 그녀를 휘감는다. 애써 검의 손잡이를 잡고 있던 손에서 힘이 쭈욱 빠지는 느낌이었다. 고통이 커진다.

"아아아악!"

참을성 강한 그녀로서도 비명을 참지 못할 정도였다!

그 사이. 사내는 자신의 손에 이어진 쇠침에 기운을 집중하고 있었다.

우웅—

짧은 울림이지만, 깊었다. 그 울림이 끝남과 동시에.

'뭐, 뭣⋯⋯!'

쇠침을 타고 들어오는 기운이 남궁미에게로 전해진다. 이종의 진기가 그녀의 몸에 들어가고 있는 셈이다.

이종의 진기라니!

자신의 몸과 다른 진기가 들어와서야 남는 것은 기운의 폭주밖에 없었다. 하지만 어쩐 일인지 기운의 폭주 따위는 이뤄지지 않았다.

"흐흐. 끝이군. 밑바탕 하나 정도는 좋겠지."

푸욱—

사내가 그녀의 몸에 박아 넣었던 쇠침을 뽑아낼 때까지도, 기의 폭주 따위는 이뤄지지 않았다. 말도 안 될 노릇.

"아가씨!"

"조장!"

강시들의 괴성이 들리는 전장에서도 그녀의 비명이 유독

두드러졌던 걸까. 자신에게 달려드는 강시들을 처리한 자들이 남궁미를 바라보며 달려오고 있었다.

"……꽤나 충직한 놈들이로구나."

"너어……."

기운의 폭주는 없다. 하지만 몸이 정상이지도 않았다. 허나 그녀는 독심을 가지고 자신에게 쇠침을 박아 넣었던 사내를 바라볼 뿐이었다.

"하여간…… 무인들이란."

그런 남궁미를 보고 사내는 비릿하게 웃어주고서는.

"나중에 보자. 아가."

사라져 버릴 뿐이었다.

후우우웅—

평지에 갑작스러운 바람이 일었다. 바람은 순식간에 커져 강풍이 되었다. 무인이라고 해도 쉬이 통과하기 힘든 규모로 불어나는 건 순간이었다.

"으윳!"

"엇!"

모두가 잠시 주춤한다. 주춤한 것조차도 사실 촌각이었다. 금세 남궁미를 생각하고 뛰었다.

허나 그 짧은 사이.

"……사라졌어."

남궁미에게 쇠침을 박아 넣었던 사내는 사라져 있었다. 바로 앞에 그를 두고 있던 남궁미로도 느끼지 못했던 사이에 모습을 감춘 게다.

남궁미로서는 사내의 목적을 도무지 알 수가 없었다.

이런 암습이라면 남궁미를 죽이고 가더라도 문제가 없었을 터다. 그런데도 잘도 쇠침만을 박아 넣고 갔다.

그와 함께 딸려온 기운은, 아무런 일도 없었다는 듯 남궁미의 단전 어딘가에 잠들었을 뿐이었다.

마치 아무런 일도 없다는 듯, 쇠침을 타고 온 기운은 그녀의 단전 안에 있음에도 잘 느껴지지 않았다.

'일반적인 기운과는 달라.'

알 수 없는 기운이었다. 운현이 다루는 기운들과도 확연히 달랐다. 여태까지 상대했던 암화의 그 누구도 이런 기운은 가지지 못했었다.

'암화는 분명한데……'

하나의 기운을 다룰 줄만 알아도 문파를 만드는 법인데, 암화는 너무도 많은 기운을 다루고 있었다. 말도 안 되는 일이었다.

대체 그가 무엇을 원해 이리 왔을지도 알 수 없는 상황이다.

하지만 그게 무슨 상관이랴.

"흐으읏."

갑작스러운 쏟아지는 수마가 그녀를 휩쌀 뿐이었다.

'안 되는데……'

전장의 한가운데에서 수마라니! 정신을 차리고 싶음에도 감히 차릴 수가 없었다.

투욱.

그녀가 전장 한가운데에서 쓰러진다.

"잡아!"

그런 그녀를 다른 무인들이 달려와 잡는다.

"숨은?"

"괘, 괜찮습니다."

적어도 겉으로는 그녀는 아무런 이상도 없었다.


＊　　　＊　　　＊


—캬아아아!

다들 전력을 다했다. 본래부터 전력을 아끼지는 않았지만, 남궁미가 쓰러진 상황이다. 일을 빨리 처리해야 한다 여겼다.

금세 마지막 강시를 눕혔다. 그녀가 쓰러졌음에 분노했는지 다들 휘두르는 검이 거칠었다.

그렇게 끝난 강시와의 일전.

모두는 본디 쫓던 사파인들을 따라가는 것보다는 상황의
수습을 선택했다.

책임자인 그녀가 쓰러졌으니, 달리 수도 없었다. 사냥꾼이
사용하는 움막을 찾아서 그녀를 눕히는 게 최선이었다.

"어떻게 되는 것일지……."

"일단은 인근 의원을 데리러 가지 않았소이까. 기다려 보
면……."

"허어. 여기까지 와선……."

남궁가에서 온 자들과 무사들의 걱정 속에서도 그녀는 쌔
근쌔근 잠을 청하고 있었다. 그러다 얼마 뒤.

"아……."

그녀의 눈이 떠졌다. 아침잠에서 깨어 일어난 것처럼, 그
녀의 모습은 겉으로 봐서는 아무런 문제가 없어 보였다.

다른 자들이 보기에도 그러했다. 느껴지기에 남궁미의 기
운은 맑았다. 마치 아무런 일도 없었던 듯했다.

'이상해.'

상황이 이상하지만 설명해 줄 자는 없었다. 몸이 정상으
로 느껴졌다. 찔린 상처도 없다. 쇠침을 찌르고 사라진 자도
신기루 같기만 했다.

다들 걱정스레 바라보는 시선만 아니었더라면 어디 꿈이

라도 꾸었나 했을 게다.

"……어떻게 된 거죠?"

"그것이…… 저희는 그저 달려갔을 뿐입니다."

"그자는요?"

"아가씨에게 닿기도 전에 사라졌습니다."

"으음……."

당장 알 수 있는 게 이들로서는 전혀 없었다. 어쩌겠는가.

'……안의 기운을 파악해야 하는데.'

몸속에 이종 진기가 있다는 것 자체가 무인에게는 큰 일.
이 문제를 해결하려면 다른 수라도 써야 하겠지만 여기선 달
리 수가 없었다.

성격상 자신의 몸이 당장 이상하다 해서 멈추고 있을 그
녀도 아니었다.

"우선은 움직여 보지요."

"괜찮으시겠습니까?"

"……일단은요. 가죠."

모두의 걱정 속에서도 해야 할 일을 재촉하는 그녀였다.


＊　　　＊　　　＊


그녀도 모르는 사이 곳곳에서 비슷한 일이 벌어졌다. 누군

가는 남궁미와 같은 방식으로, 또 다른 누군가는 전혀 다른
방식으로 괴이한 자를 만났다.

당장에 해결해야 할 문제들이 산재돼 있었기에, 그들의 문
제는 잠시 뒤로 밀렸다. 그게 조각 중에 하나였다.

*　　　*　　　*

재촉을 하는 자는 달리 다른 곳에도 있었다.

'우선순위가 중요하다.'

작금 중원 전체를 가장 잘 파악하고 있는 자는 운현이었
다. 운현은 가만 앉아 중원을 파악했다.

강시들이 쏟아지기 시작했다. 쏟아진 강시들에 정파고 사
파고 영역을 떠나 곳곳에서 바삐 움직이고 있었다.

'어렵지만…… 충분해.'

무림맹에서 무사들을 이끌고 왔기는 하지만 정파의 영역
에 있는 자들이 약하지는 않았다.

분명 어렵기는 해도 강시들을 상대하는 데는 충분하다 봤
다. 희생이 없지는 않겠지만 이런 일에 희생이 없는 것은 불
가능했다.

신이 아니고서야 이런 희생을 없앨 수는 없었다. 그 대신.

'방법을 찾아야 해.'

희생을 줄일 수는 있었다. 가장 적은 희생으로, 가장 빠르게 적을 압살할 방법을 찾아야 했다.

역시 그 방법을 찾을 수 있는 곳은 뻔했다.

운현의 바로 눈앞에 있는 곳.

"……이런 곳을 총단으로 두다니 상상도 안 가는군요."

"어째 으슬으슬합니다."

사혈맹의 총단. 총단이라고 하기에는 괴기했다. 누군가의 말처럼 귀신이라도 나올 법한 한기가 느껴졌다.

사람이 지키고 서 있어야 하는 총단임에도, 총단의 바깥쪽에는 지키고 선 자가 없었다. 지키는 자 자체가 없다.

그렇다고 총단 주변에 다른 자들이 있는 것도 아니었다.

사파의 영역이라도 본디 총단 정도 되면 사람이 오고갈 수밖에 없었다. 총단에서 소비하는 물품, 총단에 있어야 할 이들. 그들 자체가 끌어들이는 사람이 적을 수가 없었다.

그런데도 사혈맹의 총단은 을씨년스럽기만 했다.

이곳까지 강시들의 머리를 으깨며 들어왔던 운현으로서는 허무할 정도였다.

'그래도 이곳이 중심이다.'

허나 허무함에 걸음을 멈출 수는 없는 상황이었다. 처음부터 강시가 쏟아진 곳은 이곳이었다. 그렇기에 운현은.

"가지요."

꽤나 오래 산 사람이 발을 디디지 않았을 사혈맹 총단을 향해 발을 들이밀었다.


*　　*　　*


─캬아아아!

순식간에 쏟아져 나온다. 강시다. 사람의 자리를 강시가 차지하고 있었다.

'이러니 인기척이 느껴질 리가 없지.'

사람과 강시는 다르다. 인기척이 느껴지는 게 이상했다. 그나마 기습을 하기 이전 운현이 기운이라도 읽어 다행이었다.

"역시…… 모두 준비!"

처어억.

운현의 명에 따라 다들 방진을 형성한다.

이들 모두 이제 강시를 상대하는 데는 도가 텄다.

운현을 중심으로 방진을 형성하는 게 기본. 대부분의 강시는 운현이 맡으나 그들도 상대할 수 있는 숫자는 자체적으로 상대한다.

손발을 따로 맞출 필요도 없이 모두 검을 치켜들고 진을 형성한다.

―캬아아아!

―캬갸

그걸 기다렸다는 듯 강시들이 달려들기 시작한다.


*       *       *


콰즉! 콰앙!

운현이 진기를 남김없이 흩뿌려댄다. 기운이 무한이라도 되는 듯 흩뿌리는 운현의 손은 거침이 없었다.

'모자란 건 끌어 쓴다.'

운현에게 사용할 기운은 많았다. 대기의 기운은 물론이고, 몸 안에 있는 선천진기도 상당한 운현이었다.

그중에서도 백미는 따로 있었다. 끌어 쓰는 기운 중에서 가장 백미는 바로 강시의 것들이었다.

황궁에서 쓰러졌던 당시, 자신의 기운이 아니라 암화 무인의 기운을 끌어들여 자신의 것으로 삼았던 운현이지 않은가.

그 기운들을 조금씩조금씩 늘려가며 다루는 데 공을 들였던 운현이다.

언제고 운현을 잡아먹을 듯 달려드는 기운이었지만, 그걸 길들이려 노력했다.

으릉―

지금도 몸 내부에 있으면서 언제든 운현의 멱을 따려는 듯 기운을 방출해 내곤 하지만 그조차도 지금의 운현에게 있어서는 애교였다.

사나운 기운도 운현의 기교와 깨달음 앞에선 온순해질 수밖에 없었다.

이런 사나운 기운도 다루는데 강시들의 기운조차 역으로 다루지 못하는 게 이상치 않은가.

처음에야 꺼려졌지만.

'오히려 효율이 좋아.'

막상 다뤄 보니 쉬웠다. 몸 안에 끌어들여 사용할 필요도 없었다.

콰즉—

아주 잠시 강시의 기운을 빨아들이고, 그걸 단전을 통해 움직이게 할 것도 없이.

'발출한다.'

콰아아앙—!

다시금 바깥으로 쏘아 보내면 될 뿐이었다. 상대의 기운을 빨아들여 다시 역으로 강시를 상대하고 있는 셈이었다.

파괴된 강시의 기운은 다시금 빨아들여서 그대로 발출! 처음이 어렵지 이제는 기계적으로 반복하는 그였다.

흡수 후 발출이라는 방식은 확실히 위력을 보였다.

—캬아아아악!

콰앙!

무한에 가까운 내공을 흩뿌려대는 셈이지 않은가. 그것도 운현의 깨달음이 녹아든 장력의 폭발이었다. 위력이 낮으면 그게 이상했다.

강시들이 녹아들어 가고 있었다.

"전진!"

처어억. 척.

그런 운현의 뒤를 청룡검대의 무사들이 따를 뿐이었다.


헌데 운현은 알아야 했을지도 몰랐다.

강시들의 기운을 빨아들여 자신의 것으로 이용하는 모습이 어딘가 위화감이 든다는 것을.

지금에 와서는 어디까지 강해졌을지 가늠하기 힘들 탁운도 같은 방식을 사용한다는 걸 알아야 했다.

어쩌면 암화는 여러 기운을 응용하는 것에 있어서만큼은 운현 이상일지도 몰랐다.

강시를 만들고, 어두운 기운을 만들고, 같은 무인들을 이용해 만든 영약으로 강해지는 게 암화였으니까.

운현이 사용하는 방식조차도 그들이 사용하는 방식일지도 몰랐다.

그들을 상대하가며 점점 닮아가는 것일지도 모를 상황.

그걸 아는지 모르는지 운현은.

"다시 갑니다!"

콰아아아앙!

장력을 흩뿌려가며 앞으로 전진해 나갈 뿐이었다.

第九章
조우!

쾌속의 전진이었다.

적의 기운조차 역으로 사용해대는 운현의 발길을 막을 만한 것은 어디에도 없었다.

강시들조차도 일수에 펑하고 산산조각을 내대는데 버틸 재간이 있다면 그게 더 이상했다.

일합 후 전진의 반복.

단순하다 할 수 있는 전투를 진행하고 있는 와중에.

"으음……."

거대한 기운들이 운현을 향해서 다가오고 있었다. 특유의 기감이 아니더라도 느껴질 만큼 거대한 기운이었다.

"다들…… 긴장해라."

"……."

"으."

한기라도 도는지 청룡검대 무사들 중에서는 몸을 떠는 자도 있을 정도였다. 그만큼 거대한 기운이 하나둘도 아니고 여럿이 다가왔다.

'몇이지? ……열이 넘는군.'

거대한 기운들이 뭉쳐 있어, 다른 자들은 그저 하나로 느끼는 상황.

운현은 그들의 기운을 하나, 하나 나눠 가늠했다. 열둘.

'아니, 열셋이다. 용케도 숨어 있나.'

총 열셋의 기운이 그들 청룡검대가 있는 곳을 향해서 다가오고 있었다.

그들이 다가오는 만큼 사기라도 오르는 것인지.

―캬아!

―컄!

강시들이 기운이라도 증폭되는 듯 더욱 날뛰기 시작한다.

'신기한데.'

이런 식으로 강시들이 날뛰는 것은 운현으로서도 생각지 못한 부분. 상상도 하기 힘든 일이었으나 실제로 더욱 기세가 강해졌다.

하지만 그들의 기운이 강해진 만큼.

'이용할 것도 많다.'

그들의 기운을 역으로 이용하는 운현도 더 쉽게 장력을 발출할 수 있었다.

전보다 많은 기운을 끌어들여서 다시 발출하면 될 뿐이었다.

콰아아앙—! 콰즉!

강해진 만큼, 강한 장력으로 적들을 압살해 갔다. 장력으로 안 되면, 검을 빌려 날카로운 기운을 담으면 될 뿐이었다.

감히 운현의 앞을 막을 강시는 없었다.

담아서 발출하지도 못할 만큼 강한 기운이면 또 모르겠지만 아직까지는 한계 자체가 느껴지지 않았다.

그러다 어느 순간.

터어엉—!

운현의 장력에 부딪치고도 버티고 서는 강시가 있었다.

"역시."

놀라지는 않았다. 거대한 기운을 애초부터 느끼고 있지 않았나. 눈앞의 것도 열둘의 강시 중에 하나였다.

거대한 기운을 가진 놈이었다. 그러나 놀랄 건 따로 있었다. 누군가 말도 안 된다는 듯 외쳤다.

"……패도창입니다!"

"뭐?"

"광서의 패도창 말입니다! 전에 봤었습니다. 확실합니다!"

"하."

그 강시의 정체가 놀랄 만했다.

패도창이라니? 사혈맹의 무인들 중 하나지 않은가. 사파 고수들 중에서는 이름 꽤나 날리던 자가 패도창이었다.

기회주의자기는 했으나 그 실력은 진짜배기. 그런 패도창이 강시가 되어 나오다니?

'대체 언제?'

언제 죽었는지도 모르겠지만, 그자가 죽어서 강시로 나온 것은 상상 이상의 일이었다.

또한 생전에 가졌다는 경지보다도 기운이 컸다. 영약을 밥 먹듯 씹어 삼켰던 운현에 못지않은 내력이었다.

"염황권, 검일통, 비월…… 지천권까지 있습니다."

거대한 기운을 가진 자의 주인공이 사혈맹의 무인일 줄이야. 사혈맹의 핵심이랄 수 있을 자를 다 처리한 것이지 않은가.

열둘의 강시들 모두가 사혈맹의 고수로 이름이 나 있는 자들이었다.

—캬아……

뒤를 이어 다른 강시들도 튀어나오기 시작했다. 처음 나온 강시들보다도 기운이 더욱 강했다. 열두 강시보다는 못했지만, 약하지도 않았다.

"……무력대에 있는 이들도 다 죽인 듯합니다."

사혈맹의 고수들을 전부 죽여 강시로 만든 듯했다. 보이지 않는 거라곤 단 하나. 암검대뿐이었다.

'암검대는 어디로 가고…… 대체 무슨 생각인지.'

암화의 우두머리야 생각을 알 수 없다지만, 탁운이야 무림을 일통할 욕심이 그득했던 자이지 않은가.

무림을 일통하고 나서도, 자신의 권력을 휘두르기 위해서는 사혈맹의 무사들이 있어야 할 것 아닌가.

그런데도 그는 자신의 모든 것이라 할 수 있는 수족들을 강시를 삼은 듯했다.

'제대로 미쳤군.'

그런 일을 벌인 주제에.

"허헛…… 왔는가."

탁운은 전에 없이 사람 좋은 얼굴을 하고 가장 마지막에 등장했다. 자리를 잡는 그 모습은 여유롭기 그지없어 보였다.

그가 가진 기운. 숨겨두었다가 다시금 폭사하듯 쏟아붓기 시작하는 기운은 여기 있는 그 누구보다도 컸다.

아니 거대했다. 운현이라고 해도 감히 가지기 힘든 그런 기운이었다.

그는 자신의 기운을 잘 다스리지 못하는 듯, 한번 발출하기 시작하자 기운이 끓어오르듯 커지고 있었다.

팔에서부터 시작하여, 그의 온몸을 검은 기운이 둘러싸고 있었다. 아지랑이 같은 기운이 피어오를 때마다.

"크흐흐……."

고통스러운 듯 어금니를 곱씹으면서도 그는 여유로운 표정을 지으려 노력하고 있었다.

오직 운현을 쏘아보는 눈빛만이 불같을 뿐이었다.

'……먹히기 직전인가. 아니 먹혔을지도.'

기운 그 자체가 되어 살아 움직이는 듯했다. 기운이 형상화되면 딱 그의 모습일지도 몰랐다. 살아 있는 아수라와 같았다.

그가 으르렁댄다.

"좀 이른 것 같긴 하지만…… 칼춤 한번 춰보는 게 어떤가?"

—캬아아아!

그의 말이 끝나자마자 강시들이 쏟아져 나가기 시작했다.

\*　　　\*　　　\*

전보다도 강한 강시들이 청룡검대 무사들을 향해서 쏘아
져 나간다.

—캬아아아!

그 기운이 워낙 강하여 그동안 강시를 상대하는 데 익숙
해졌다 자부하는 검대 무사들로서도 주춤할 정도였다.

그 짧은 사이 성장을 한다 해도 한계가 있었다. 기운 자체
가 커진 강시를 상대하는 건 어려울 수밖에 없었다.

하지만 물러나진 않았다.

"버텨라!"

도망치는 자도 없었다. 달려드는 강시를 향해서 검을 들
이밀 뿐이었다.

겁내지 않고 부딪친다.

—캬아아아!

"베어!"

*　　　*　　　*

남은 건 열셋. 탁운과 열둘의 강시였다.

"……."

어쩐 일인지 탁운은 자신의 기운에 잠겨 침묵한다.

"……닥쳐라."

환청이라도 들리는 듯 혼잣말을 중얼거릴 뿐이었다. 그 사이 열둘의 강시들이 운현을 향해 달려들기 시작했다.

누군가의 명이라도 따르는 듯 그 움직임이 조직적이었다. 탁운은 정신을 차리지 못함에도 조종하는 자가 따로 있는 듯 보였다.

그러나 그를 확인할 틈은 없었다. 그저 눈앞에 달려드는 것들을 상대할 뿐!

쯔아아악—

운현의 검에 거대한 기운이 맺힌다.

한 겹. 자신의 선천진기로 감싼다.

두 겹. 주변의 자연지기를 끌어들여 감쌌다.

그리고 마지막 세 겹.

콰즈즈즈즉—!

—캬아!

패도창이었음이 분명한 강시를 베어서 얻는다.

스아아아아!

운현의 검이 스쳐지나가고 베인 강시의 몸에서 흘러나오는 검은 기운. 그 기운을 운현은 마지막 세 겹으로 삼았다.

콰득.

세 겹으로 이뤄진 기운들이 하나가 된다.

선천진기의 생기면서, 강시의 죽은 기운과 모두를 내포하

는 자연지기의 기운이 어지러이 움직이는 운현의 검강은 전
에 없던 그 무언가가 되어 있었다.

"후······."

다루기 힘든 듯, 시종일관 여유롭기만 하던 운현도 인상
을 찌푸려 휘두른다.

찡그려진 인상과 다르게 휘두름은 시원하기만 했다.

쓰아앙!

휘둘러져 지천권이었던 강시에게 도달하는 그 순간.

콰아아앙!

검에 닿자마자 강시의 몸이 녹아 버린다. 베인 것도 움푹
팬 것도 아니었다.

혼돈 그 자체에 먹혀 버린 듯 그대로 녹아 사라졌다. 아주
작은 흔적조차도 남지 않았다.

강시의 몸 반이 사라졌다.

—캬아!

왼팔과 왼다리가 사라지고도 괴성을 내질러대는 그 모습
은, 지천권 생전의 투기보다도 더욱 대단했다. 허나 운현의
공격은 끝이 아니었다.

스아아아아—

폭음도, 더 휘두를 필요도 없었다.

"······먹혔나."

읊조리는 탁운의 말처럼 베이고 남은 기운이 그대로 지천 권이었던 강시의 남은 몸을 녹여버렸다.

단 일수에 거대한 기운을 가졌던 강시가 흐트러진다.

지천권의 무력이 생전에도 절대의 고수급은 아니었다지만 허무하기만 한 최후였다.

"크흐흐. 역시…… 흐."

허무하다는 듯 웃어 재끼는 탁운이었다.

어디선가 강시를 조종하던 자도 탁운과 비슷한 심정을 느 꼈는지, 강시들이 잠시 움찔하는 것이 보인다.

그러다 어느 순간. 남은 열하나의 강시들이 하나의 형상 을 이룬다.

'진이군.'

암검대 무인들이 사용하는 것들과 같은 진이었다. 검을 하나 휘두를 시간보다도 빠르게 진을 만들고서는.

—캬아아아!

강시들이 다시금 달려들기 시작한다.


\*         \*         \*


'……강해.'

강하다. 초절정의 고수는커녕, 화경의 고수라고 하더라도 감히 홀로 상대한다고 자부하기 힘들 위력이었다.

강시가 진을 형성한다는 것은 그 정도의 위력을 가지기 충분했다.

본디부터 강력한 강시가, 진을 이용해서 힘을 증폭했으니, 약한 것이 더 이상했다.

상대의 기운을 역이용하는 운현이 아니었더라면 버티기 힘들 정도다.

'오래 끌어서야 좋을 것은 없다.'

기운을 끌어 쓰는 것도 한계가 올 수도 있었다. 기운을 이용할 때마다 사나운 기운들이 운현을 잡아먹을 듯 달려든다.

콰아아아!

그 기운이 강하여 폭포수처럼 기운이 흘러나오는 듯했다.

—캬아.

강시들이 휘두르는 일 수 일 수가 절정의 무인의 휘두름과 같았다. 선이 그어질 때마다 그 선에 기운이 맺혀 파괴를 이룬다.

"후아……."

그 기운을 역이용하여 운현이 겨우 버티고 있었다.

\* \* \*

"……캬악!"

그러다 어느 순간!

무언가에 반항하는 듯 혼잣말을 웅얼대던 탁운조차도 괴성을 내지르며 전투에 끼어들었다.

그의 눈은 아예 붉게 변해 있었다. 안구에 있는 핏줄이 전부 터져버린 듯했다. 시뻘건 눈이 야수의 눈과 같았다.

"……거……부한다고 하지 않았나! 크읏."

이성을 잃어버린 듯 아닌 듯, 강시처럼 괴성을 흘리다가도 알 수 없는 말을 하는 탁운의 모습은 분명 정상이 아니었다.

허나 그가 더해지면서 열하나가 되었던 강시는 다시 열둘의 자리를 채운 셈이었다.

또한 열하나가 아닌 열둘이 되자 진의 기운은 더욱 커졌다.

'……온다.'

한계가 오지 않을 거라 생각했거늘, 점차 힘에 부치는 느낌이 드는 운현이었다. 그만큼 열둘의 움직임이 주는 압박은 컸다.

콰앙!

단 일 수만 잘못 피하더라도 그대로 죽음으로 이어질 기세였다.

콰즉!

실제로 운현이 피하고 남은 자리에 작렬하는 기운은, 운현이 발을 디디고 있던 곳을 산산이 조각 낼 정도였다.

운현과 탁운이 부딪치고 남은 기운들이 쏟아질 때마다 주변의 지형이 달라지고 있었다.

"후우……."

그걸 상대하는 운현의 압박은 더욱 커지고 있었다.

상대는 지치지 않는 강시. 탁운도 무언가에 잡아먹힌 듯 몸을 아끼지 않고 달려들고 있는 상황이다.

'여기서 더는 안 돼.'

＊　　　＊　　　＊

이런 상태로 전투를 오래 끌어야 좋을 건 없었다.

'단기결전이다.'

운현의 눈이 반개한다.

하나. 감겨진 눈으로도 상대를 느낀다.

둘. 기운을 읽어 상대를 피한다. 셋. 상대의 기운을 역이용하여 자신의 것으로 끌어들인다.

여기까지는 전과 같았다. 다만 마지막 넷이 추가됐을 뿐이었다.

지금까지는 상대의 기운을 역이용하여 발출하는 데 그쳤다면. 이제는.

'……일보 더한다.'

검강에 응용하였듯, 단순 발출이 아니라 검에 있는 기운을 이용한 일 수를 준비한다.

반개했던 운현의 눈이 뜨인다. 그리고 그 순간! 운현의 검이 휘둘러졌다.


\*       \*       \*


자연지기. 선천지기. 역천의 기운. 그 기운 모두가 하나로 담기는 것. 그 뒤는 무엇일까?

그 기운을 조종하는 운현의 의지는? 어딘가를 향해 가고 있는 것일까.

'……모른다.'

그 어딘가에로 운현의 정신은 도달하고 있었다. 이것이 맞는 길인지, 무인으로서 진일보하는 것인지 알 수는 없다.

알 길도 없으며, 누군가 알려줄 도리도 없었다.

전에 없던 전인미답의 어딘가였다. 운현조차도 의미를 알지 못했고, 맞는 것인지도 몰랐다.

다만 그 이름 모를 의미를 담은 검을 반개했던 눈이 떠지며 휘둘렀을 뿐이었다.

샤아아아—

공기가 잘라지는 것도 아니었다. 대기가 울고 있었다. 울림이 커졌다.

운현을 중심으로 사방 십 장이 전부 울린다. 검이 휘둘러짐에도 공간 그 자체가 울린다. 그 울림이 점차 증폭됐다.

십 장이 전부. 그 이상으로 퍼지진 않지만, 울림은 커지고 더욱 커졌다.

사방 십 장 내의 모든 것을 울려 터트릴 듯이!

우우웅— 우웅— 우우웅—

전율. 광기. 어쩌면 그 이상.

찌름으로써 점을 그리고. 벰으로써 선을 그린다. 그것이 검.

그리고 이것은 공간을 베어 버리는 것 그 자체.

'……굳이 명명한다면 공간참이라 해야 하나. 훗.'

다소 유치하다 할 수 있는 운현의 생각이 끝나는 순간 이름 모를 휘두름에 의미가 부여됐다. 의지가 심어졌다.

그리고 그 의지를 따라.

콰드드드드득!

공간 그 자체가 갈라졌다!

콰드드드드득──!

공간이 잡아먹힌다. 또한 먹는다.

모든 기운들과 함께. 그 안에 있는 모든 것을 잡아먹을 듯
휘몰아치고 있었다.

*　　　*　　　*

가장 먼저 비월이었던 강시가 먹힌다. 염황권이 먹힌다.
이름 모를 사파의 고수가 먹힌다.

하나둘씩 공간 그 자체에 먹혀든다.

본래부터 그리해야 한다는 듯 자연스레, 또한 그러면서도
잔혹하게 공간에 먹혀드는 그들은 형체도 없이 사라지고 있
었다.

모든 기운을 내포하여 휘둘러진 검의 위력이었다.

운현으로서도 다시금 휘두를 수 있을까 싶은 그 어떤 것
의 '휘두름'이었다. 어딘가의 경지다. 언제고 닿을지 모를.

그런 경지의 휘두름 가운데에서, 평온을 유지하는 건 운현
하나.

그리고 또 하나의 존재가 있다면.

"크흐흐……."

용케도 마지막으로 버티며 선 탁운이었다.

운현과는 비슷하면서도 다른 방식으로, 탁운은 주변의 기운을 삼키고 있었다.

운현이 모든 것을 흡수한다면 그는 단 하나에 국한이 되어 있었다. 강시로부터 나오는 기운을 먹고 있었다.

그 기운을 통해 겨우겨우 버티고 서 있었다. 한계가 있기는 한 듯, 발아래부터 흐트러져 사라져 가고 있었다.

그러면서도 그 눈은 오로지 운현을 향하고 있었다. 원통하다는 듯 원망을 담으면서도 동시에 무언가를 놓은 듯 가벼워 보이는 눈빛이었다.

사혈맹이라는 걸출한 맹을 단기간에 만들어 낸 그로서는 다소 허망하다 할 수 있는 죽음이었다.

한 가지 확실한 건 그가 끌어들이는 기운들이 전부 사라지는 순간, 그의 존재 그 자체도 사라진다.

죽음이다. 뭣 하나 남지 않는 죽음.

그걸 알고 있을 것이 분명한 탁운이다.

"……내가 끝이라 생각하나?"

"그럴 리가."

"역시…… 흐흐. 그럼 나의 죽음이 무어라 여기나?"

"허망한 죽음이겠지."

냉정하다 할 수 있는 운현의 답에도.

"키킥…… 푸핫. 푸하하하하. 허망한 죽음이라. 푸흐흐. 아직 모두는 모르는구나. 아니 아무것도 몰라."

탁운은 악동이라도 되는 듯 웃어 재꼈다. 크게 웃어재끼다 비웃듯 말을 남긴다.

죽어가는 탁운. 죽어가는 자의 원한 맺힌 한을 담은 것인지, 알 수 없는 의미를 가지고 탁운은 한참을 웃어재꼈다. 그러다.

"……모든 건 씨앗이다. 빌어먹을."

"무슨 소리를 하고 싶은 거냐?"

"킥. 내가 알려 줄 필요는 없겠지. 곧 종장(終場)이 다가올 것이니. 그때 모든 것이 끝날 것인지…… 새 세상이 열릴 것인지를 알겠지. 어쩌면 모든 게 엉망이 될지도."

의미를 알 수 없는 말을 내뱉는다.

운현은 직감했다. 그의 말 안에 암화가 추구하는 그 무언가가 담겨 있을지도 모른다는 걸.

하지만 이 말을 당장 해석할 재주는 없었다.

암화의 비밀에 거의 도달한 그였지만, 마지막 하나. 단 한 조각만큼은 운현 그도 아직 모르는 상태였다.

그 마지막을 알기 위해서라도, 아니 중원 천지를 어지럽히는 암화를 막는 마지막 장을 열기 위해서라도 움직일 뿐이었다.

'……어느 쪽이든 상관없지.'

그들이 원하는 것이 무엇이든 간에 끝을 내면 될 뿐이었다.

"……."

운현이 가만 침묵을 지키고 있으려니. 흥이 식었다는 듯 웃음을 멈추는 탁운이었다.

"이렇게 스러져가도 스러짐이 아닐지도……."

"새 세상이라도 열린다는 믿음을 가지고 있는 거냐? 탁운 당신은 그런 믿음이 없을 터인데?"

새 세상에 대한 믿음. 암화의 무인들 중에 일부는 그런 믿음을 가지고 있긴 했다.

"푸훗."

탁운은 그 물음조차도 비웃듯 운현을 바라보더니.

"……답은 나중에 알겠지."

알 수 없는 말을 내뱉을 뿐이었다.

샤아아아아―

그러다 모든 걸 놓기라도 한 듯, 주변의 기운을 끌어들이기를 멈췄다. 순식간에 탁운의 몸이 스러져가는 속도가 빨라진다.

콰즈즈즉―

마지막조차도 더 기다릴 수 없다는 듯 공간을 베는 운현의 기운이 그대로 탁운의 몸을 으깬다. 작은 상처 하나 없이 그대로 먼지가 되어 스러진다.

"하……."

끝인가?

끝이라 할 수는 없었다. 고작해야 탁운 하나가 죽었을 뿐이었다. 그는 처음부터 끝이라고 생각지도 않던 운현이었다.

진정 이 모든 것의 끝은 암화가 스러지고 나서 결정될 일이었다. 그걸 모를 바보는 아니었다.

다만 하나의 장(場)이 끝이 났을 뿐이었다.

"후으……."

모든 장을 끝내기 전까지는 여기서 멈추려야 멈출 수 없었다.

그가 호흡을 가다듬는다. 주변의 기운을 빨아들이고, 선천진기를 북돋는 것만으로도 칠 할 이상 몸이 정상으로 돌아온다.

으릉—

안에 있는 어두운 기운들이 운현을 잡아먹지 못해 쉽다는 듯 입맛을 다시지만 그뿐.

공간 그 자체를 가르며 한바탕 파괴를 이룸에 만족스럽다는 듯, 다시금 어두운 기운은 운현을 따를 뿐이었다.

"……가자."

사혈맹의 총단. 그 마지막을 마무리하기 위해서 운현이
움직이기 시작한다.

　쾅앙—!

　그의 검이 가장 먼저 움직인 것은 청룡검대 무사들을 위협
하는 강시들을 향해서였다.

第十章
막장!

"대주님!"

신의라고도 부르고 대주라고도 부르는 자들이 있다. 운현을 부른 자는 청룡검대의 무인이었다. 다급함이 가득했다.

"무슨 일인가?"

"······그것이······ 일단은 와주셔야 할 것 같습니다!"

전투가 끝난 지 한참. 청룡검대 무인들 중에서 지금까지 지쳐 있을 자는 없었다. 그런데도 무인의 얼굴에는 땀이 가득했다. 지금도 줄줄 흐르고 있었다.

공포로 인한 땀이다. 지쳐서 내는 것이 아니었다.

'뭔가······.'

생각지도 못한 걸 발견한 게 분명하다.

강시들을 전부 처리하고, 남은 건 정리뿐.

사람조차 남지 않은 사혈맹. 썩은 강시 시체밖에는 없지만, 당장 모든 걸 불태워 없앨 수는 없었다.

수틀리는 대로 일을 처리하는 건 죽어버린 탁운이나 하는 짓이었다. 얻을 건 얻어야 했다.

'정체라도 알아야지.'

그 강시의 정체가 무엇일지. 어떻게 제조했을지. 약점은 뭘지. 많은 것들을 알아야 했다.

시간은 없지만 없는 시간이라도 최대한 많은 것을 알아야 했다. 지금 이 순간에도 중원 전역에서 강시는 날뛰고 있으니까.

'시간이 지날수록 강시가 많아지고 있지……. 이 방식도 수상하고.'

이 상태라면 어디서부터 어디까지 강시가 더 나올지 모를 일이었다.

그렇기에 무인들에게 이곳을 뒤지라 말했다. 무엇 하나라도 얻어낸다면 암화와의 일전에서 득이 될 테니까.

해서 보냈더니 이런 다급함이란! 무언가 얻어도 단단히 얻은 게 분명하다. 아니면 생각지도 못한 또 다른 괴이함을 봤거나.

"안내하게나."

"예. 흐으."

무사는 가기 싫은 기색이면서도, 운현의 앞에 서서 안내를 하기 시작했다. 공포보다도 운현에 대한 충심이 더 큰 게 다행이었다.

＊　　＊　　＊

걸음을 재촉했다.

'도무지 어울리지 않는군.'

곳곳에 있는 강시들의 시체. 심한 경우는 아직까지도 팔이 퍼덕거리는 강시도 있었다. 그런 가운데 배경은 강시들의 시체와 전혀 어울리지 않았다.

어디 유명한 홍루라도 되는 듯 화려하게 꾸며진 것은 기본. 열린 문 사이로 보이는 화려함 속의 천박함이란.

도통 운현으로서는 어울리기 힘든 것들이 눈앞을 어지러이 채우고 있었다.

하오문을 찾아갈 때에 밤의 거리를 몇 번이고 돌아다닌 운현이지만, 여긴 그 정도가 더 심했다.

강시들의 피와 시체로 색이 바랬을 건데도 불구하고 아직까지 화려함을 가지고 있는 것을 보면 대단하다 할 정도다.

'사파인들이 다르긴 하다더니.'

확실히 다른 건 몰라도 유흥에서는 사파인들이 정파인보다 나은 게 분명했다. 오죽하면 총단도 이러하랴.

어울리지 않는 흔적들을 지나가던 어느 순간.

"여깁니다. 대주님을 모셔왔네!"

"어, 어어…… 왔는가!"

도착했음을 알려왔다. 청룡대 무사와 같은 조에 속한 무사들이 목적지에 옹기종기 모여 있었다.

그들 모두 놀랐던 것인지, 몸이 땀에 젖어 있었다.

'대체 뭔데…… 흠…….'

저들도 무사. 어지간해서 놀라지도 않는 자들이다. 강시들로 놀란 것으로 놀랄 일은 더 없을 줄 알았는데 그게 아닌 듯했다.

"안, 안에 있습니다."

"안내…… 아니 내가 들어가 보지."

꺼림칙해 하는 모습이 역력했다. 운현은 자신의 발로 들어가기로 택했다. 그리고 그가 그 안에서 본 것은.

"……허."

＊　　　＊　　　＊

운현이 총단을 살피고 있을 그 사이. 총단을 거꾸러트렸다는 소식이 정파에 전해지기 전에 정파는 난리가 나 있었다.


"대체 얼마나 되는가!"

퍼어억!

일수중마 관기. 정파의 끄트머리서 사파인들을 상대로도 꿀리지 않을 대담함과 호탕함을 가진 검수가 그였다.

그의 얼굴에는 작금 호탕함보다는 다급함이 가득했다.

가재도구로 쓰는 것들. 본디 바람을 막았어야 할 문들. 그런 것들을 한데 가지고 와서 쏟아부어 입구를 틀어막은 그였다.

그것들을 방어진으로 하여 막으려고 한 것들은.

—캬아아아!

지금도 광기를 흩뿌리며 달려오는 강시!

그가 있는 곳의 사람들을 지키기 위해서 체면과 자존심 모두를 버려두고 방어를 하는 데만 치중했다.

이름 날린 정파 무인들보다 무위는 떨어질지라도, 문파를 포함한 지역 모두를 지키기 위해서 애를 쓰는 건 정파 무인다웠다.

하지만 그도 한계가 있었다. 그는 운현처럼 주변의 기운을 가져올 수도, 이용할 수도 없었다. 그저 가진 힘으로 한 계까지 강시를 상대하고 부딪칠 뿐이었다.

으깨고 부수고.

"더 휘둘러라!"

와드드득!

팔이 떨어져도 달려드는 강시를 상대로 가능한 모든 것들을 쏟아부었다.

하나. 둘. 열. 스물.

베어가며 세던 강시들의 숫자도 어느 순간부터는 세지 않았다.

'벤다.'

오직 강시를 부수겠다는 일념. 이곳을 지키겠다는 마음으로 끊임없이 상대해 나갈 뿐이었다.

그러던 어느 순간 기이한 고양감을 느끼고, 한 차원의 도약을 했다. 새로운 경지를 향해서였다.

그럼에도 그 도약을 비웃듯 강시들은

—캬아……

—캬아아아!

끊임없이 출현을 해 올 뿐이었다.

마치 이대로 너희들이 반항을 해 보아야 아무런 쓸모가 없다고 비웃는 듯 괴성을 내질러가며!

끝없이 달려드는 강시의 행렬에 절망감만 가득 차오르는
가 했다. 그러다.

"무, 문주님! 저기! 저기를 보십쇼!"

"생존자냐!? 강시!?"

"그, 그게 아닌 거 같습니다!"

문파원이 부름에도 그는 끝없이 앞만을 봤다.

—캬아!

달려드는 강시에게 검을 휘둘렀다. 휘두른 검으로 적을
압살하길 주저하지 않았다.

쒜에에엑!

—캬······

머리를 반으로 으깨고서야 그는 소리만 치는 문파원이 바
라보는 곳을 함께 바라봤다.

"아아······"

그제서야 그의 검이 잠시나마 멎었다.

"······살았구나. 헛되지 않았어······"

그의 눈앞에. 강시들이 자리한 곳 그 뒤편에 기가 나부끼
고 있었다. 무림맹을 상징하는 깃발이 저 멀리서도 보일 정
도로 크게 휘날리고 있었다.

그가 방어를 하는 그 사이 무림맹의 무사들이. 또 다른 정
파의 무인들이 나서 그들을 구하러 온 게다.

'살았어······.'

희망이 불타올랐다.

"휘둘러라! 저들이 더 빨리 당도할 수 있도록! 힘을 쥐어 짜!"

"······예!"

다들 하나가 되어 움직이기 시작했다. 쏟아지는 강시를 향해 없던 힘을 희망이란 이름으로 쥐어짜서 휘둘렀다.

살 수 있다는 희망을 가지고.

"더! 더 휘둘러!"

끝없이 지키기 위해서 혼을 불태웠다. 하지만.

─캬아아아아······

그들이 희망을 불태우는 그 순간에도 강시들은 가득가득 튀어나오고 있었다.

정파의 영역, 사파의 영역. 하물며 황실이 있는 분경에서 조차도!

"막아라!"

죽을 줄도 모르고, 아니 이미 죽은 상태로 끊임없이 튀쳐 나왔다. 계속해서.

희망과 절망이 교차하고 있었다.


        *      *      *

그러던 와중에서도.

"허허…… 스러질 것들이."

퍼어억!

무적자를 포함한 무림맹의 인사들. 사파인들과 달려 나갔던 그들은 본래의 작전대로 움직였다.

희망이고 절망이고 할 것 없이 이들은 본래부터 무림맹 무력의 핵심을 담당하고 있던 이들이었다.

그래선지 생각보다는 수월하게 뚫어갔다.

퍼어어억! 퍼억! 퍽!

으깨고 또 으깼을 뿐이었다. 보이는 족족 강시라는 족속에게 두 번째 죽음을 선사했다.

"얼마나 남았는가?"

"곧입니다!"

쒜에에엑!

검과 주먹을 휘두르는 그들이 가고자 하는 곳은 강시들이 출현하기 시작한 중심지였다.

운현이 있는 사혈맹 총단이 호남성의 강시 출현 중심지였다면, 지금 그들이 가는 곳은 강서성의 중심지였다.

그런 중심지만 강서성에만 총 셋. 그중 하나의 중심에 거의 다다랐다.

'도착하게 되면 무언가 있겠지.'

오래도록 암화와의 일전을 수없이 벌였던 무적자의 직감이랄까. 그는 중심에 무언가 있을 것임을 보지 않아도 알 수 있었다.

해서 안으로 들어섰다. 이 강시라고 하는 것들의 중심에 무엇이 있을지.

'새로운 강시라도 있을 테지. 아니면…….'

잘하면 거의 정체를 드러내고 있는 암화의 핵심 요인이 있을지도 모른다 여기며 안으로 들어갔다.

─키엑!

끝없이 달려드는 강시의 뇌수들을 으깨면서.

\*          \*          \*

중심에 다다르는 건 쉬웠다. 들어갈수록 강시의 밀집도가 커졌다. 더더욱 많은 강시가 많은 곳으로 움직이기만 하면 됐다.

강시가 가장 많은 곳, 그곳이 강시들의 발원지이자 중심이었다.

─캬아아아……

운현이 상대했을 법한 강력한 강시가 셋 등장했다.

"허허…… 어찌되었나 했더니, 죽어서 저리됐는가."

모두 지천권이나 패력창과 같이 사파의 고수로 알려진 자들이었다.

사파와의 일전에서도, 사혈맹의 설립 당시에서도 보이지 않아 이상하다 여겼는데 여기 있었다니.

강시가 된 지 오래되었는지, 이들이 입고 있는 옷은 해어져 넝마가 된 지 오래였다.

강시가 되었기에 수치스러움은 모르겠지만, 그들을 바라봐야 하는 무적자를 포함한 정파의 무인들로서는 기가 찰 지경!

'어쩌다 이리 되었는지…… 사파는 힘들어질지도 모르겠군.'

고양이가 쥐 걱정해 주는 것도 우스운 이야기긴 하나, 사파 고수라 할 수 있는 자가 저런 모습을 하고 있는 꼴이란!

같은 무인으로서 아무것도 느끼지 못할 광경은 절대 아니었다.

"치게나."

"명!"

쒜에엑!

자신도 보법을 펼치며, 한때는 사파 고수이자 같은 무인들이었을 강시들을 향해서 달려 나간다.

─캬아아!

깊고 음울한 울림을 날리며 강시들도 그들을 피하지 않았다. 본래부터 산 자에 대한 증오만으로 움직이는 그들이니 망설임도 없었다.

콰아앙!

생전의 고수들답게, 또한 강시로서도 특별히 제작되었는지 그들은 확실히 강력했다. 하지만.

"진을 펼쳐! 어차피 무인들이 아닐세!"

"사상무화진을!"

이들을 상대하는 정파 무인들도 강력했다.

애시당초 정파의 핵심인 자들이었다. 여기서 무너지기에는 그들 자체가 워낙 강력했다. 약하지 않았다.

쒜에에엑─

검광이 난무하고.

퍼억!

검강 대신 묵직하게 어려 있는 권강이 눈앞에 자리한 것들을 으깬다.

─캬아아아아!

─캬아!

죽기 전에도 이름을 날리지 못한 자들. 이름 모를 무명이었던 자들. 그들로 만들어진 강시들은 방해물만 될 뿐.

─캬아!

음울한 울림을 날리는 사파의 고수였던 강시들만이 그나마 상대할 만한 자들이었다.

사상무화진. 진에 네 가지의 상을 담고서, 진법을 형성한 자들이 끊임없이 연환계를 휘둘러대는 진은 착실하게 강시들을 압살해 갔다.


시작이 절정이 되고, 절정이 마지막 장이 되어 강시들이 쓰러지기까지는 오랜 시간이 걸리지 않았다.

─캬……

그러다 마지막의 강시가 무너져 내렸다.

쿠우우웅.

죽기 전 괴성만이 존재의 증거. 혈살마참이라는 절기로 이름을 날렸던 자치고는 허무한 두 번째 죽음을 맞이한 것이 그 마지막이었다.

"허허…… 아미타불."

"……잘 가기를."

각자의 방식으로 염을 짧게 해주고는 안으로 들어섰다. 강시들이 지키듯 서 있었던 중심지, 안을 향해서였다.

그리고 그 안에 도달한 그들이 본 것은.

"대체 이게……."

운현이 발견한 것과 같았다.

*　　　*　　　*

"더럽군……."

인간이라면 당연히 혐오스러울 수밖에 없는 광경이다.

피로 만들어진 웅덩이. 그를 따라 기묘하게 흐르고 있는 피. 강시로 만들어질 것이 분명했을 시체들.

그런 것들이 쌓여 있었다. 운현의 약재실이 약재로 가득 차 있다면 이곳은 오로지 피와 시체로 점철되어 있었다.

단숨에 구역질이 날 만큼 피비린내가 진동했다.

그로도 모자라 시큼함이 느껴질 정도로 따갑게 느껴지는 기운도 있었다. 그 기운들 덕에 가만있는 자도 오한이 들 정도다.

청룡검대 무인들이 공포를 느끼는 것도 저 기운 덩어리 때문일 것이 분명하다.

피 웅덩이의 한가운데에 기운이 뭉쳐 둥둥 떠 있었다.

기운이 떠 있다니. 기괴한 일이다.

흉한 광경이다. 당장에라도 피웅덩이 안에 있는 시체가 튀어나올 듯했다.

웅덩이와 핏줄기 주변을 다른 것들이 감싸고 있었다. 그 시체들을 강시로 만드는 데 힘을 썼을 자들이다.

"암화군."

그들은 이미 시체가 되어 있었다. 자살한 것인지, 강시를 만드는 과정 때문에 죽었는지는 알 수 없다.

다만 그들로부터 느껴지는 기운을 볼 때 암화의 사람인 것만은 확실하다는 게 중요했다.

"흠…… 고작해야 웅덩이……."

약재. 기운. 혹은 이 둘 모두.

약재로 강시를 재련해서 강시의 몸을 두텁게 만드는 방식이 있다. 기운을 조종해서 강시 그 자체를 강화하는 경우도 있다.

이 둘 모두를 활용해서 강력한 강시를 만드는 경우도 있다.

철강시, 동강시, 금강시, 별의별 이름을 다 붙이지만 결국 그것은 등급의 차이. 혈강시라는 특수한 존재도 있었지만 죄다 약재나 기운을 이용한 것들이었다.

그런데 이것들은.

"……기운이라고 하기엔 애매하군."

분명 암화의 강시들도 기운을 이용하기는 했다. 그런데 무언가 다르다.

—끼이……

그 순간. 들리지 않아야 할 소리가 들렸다.

"음......"

그의 시선이 소리 나는 방향을 따라갔다. 피 웅덩이 안이었다. 정확히는 웅덩이 안에 피를 머금고 있던 시체 중 하나였다.

이곳에 있는 시체들 중에서도 유독 강력한 기운을 갖고 있는 시체였다. 분명 그 시체가 움찔거렸다. 소리를 냈다.

두근— 두근—

때마침 기다렸다는 듯 피 웅덩이 안에 둥둥 떠 있던 기운이 사람의 심장처럼 움찔거리며 뛰기 시작했다.

—끼야아아아악!

귀가 찢어질 듯한 비명이 들린다. 두근거림이 커지는 만큼 비명의 울림도 더욱 커진다.

퍼억!

그러다 어느 순간 피 웅덩이 안에 있던 기운이 펑하고 터진다. 마치 누군가 쪼개기라도 한 것처럼.

—캬아아......

기운이 터지고 남은 그 자리에는 괴성을 내지르던 시체가 있었다. 이제는 강시가 된.

운현이 마지막으로 상대한 강시보다는 훨씬 미숙해 보이지만 강시는 강시다.

이대로 양민들이 사는 마을에 가기라도 한다면 학살극을 벌이고도 남을 괴물이다. 산 자에 대한 증오에 사로잡혀 있는 괴물.

그 괴물이 일어났다.

두근— 두근—

찢어지듯 터져버렸던 어두운 기운은 어느샌가 다시 맺혀 피 웅덩이에 둥둥 떠 있었다. 아무런 일도 없었다는 듯이.

변화한 것은.

―캬아!

운현에게 달려들기 시작하는 강시뿐이었다.

"하……."

말도 안 되는 괴사였다. 그 괴사에 놀라면서도 운현은 자신이 할 일을 잊지 않았다.

퍼어어억!

팔짱을 끼고 있던 손을 들어 퍽하고 강시의 머리를 으깼다.

푸악!

아직까지도 몸 안에 피가 남아 있었던 듯 머리가 으깨지며 사방으로 피가 튄다. 신기하게도 운현의 몸에는 튀지 않았다. 운현의 기운 자체를 피하듯 튀었다.

"……움직이는군."

스으으으—

그렇게 튀어나간 피는 살아 움직이는 생물이라도 된 듯했다. 뱀처럼 기어 움직이기 시작했다.

처음 운현이 보았던 피 웅덩이를 향해서였다.

두근—

피를 머금음에 만족했는지, 가만 있던 검은 기운이 화답하듯 움직인다. 두근거리면서.

'……자체적으로 만들어지는 건가. 말도 안 나오는군.'

꿀꺽.

핏줄기의 무엇을 먹었는지는 모른다. 다만 검은 기운덩어리는 전보다 미묘하게 더 커졌다. 운현은 그걸 확실히 느꼈다.

"무공이라기보다는…… 많이 다르군."

무공이라기보다는 주술의 느낌이다.

강시를 만들어내는 것 자체가 주술이나 다름없는 행위라지만 이건 일반적으로 운현이 아는 것과는 많이 달랐다.

이런 방식이라니. 거기다 자체적으로 만들 수 있도록 하다니? 전에 없던 방식이지 않은가.

괴이함. 더러움. 혐오스러움. 그 모든 것을 떠나서 분명 대단한 능력이었다.

"……당장에라도 보고 싶을 정도군."

적이지만 암화의 우두머리는 분명 대단한 자다. 그 뛰어난 능력으로 다른 걸 했더라면,

'전생의 궤적 자체가 달랐을지도…….'

전에 없는 새로운 무언가의 단면을 만들어냈을지도 몰랐다.

"쯧……."

그런 능력을 가진 주제에 암화는 그와 전혀 다른 짓을 저질렀다. 온갖 부정적인 것들로 점철되었다. 능력을 떠나 필히 부딪칠 수밖에 없는 존재가 됐다.

어쩔 수 없는 일이다.

"……찾아볼까."

혐오스러움, 호기심을 지우고 운현은 손을 들었다.

퍼어엉—

장력을 날렸다. 그의 기운이 튀어나가 기묘히 흐르는 핏줄기에 작렬한다.

파앙!

폭발음을 내며 작렬한다. 그대로 기운들이 흩어진다.

스으으으—

그 기운들이 대기로 흩어지기 전에 운현은 전투에서나 사용하던 흡(吸)의 묘리를 사용하여 자신의 기운으로 삼았다.

몸 안에서 느껴지는 기운을 읽어들인다.

다소 위험한 건 그도 알았다. 아무리 봐도 이 기운들은 이 종의 기운. 산 자에게는 최악의 기운일 것이 분명했다.

그럼에도 어떻게든 암화의 방식을 꺾기 위해서였다.

"……흠. 모자라."

퍼어어엉! 퍼엉!

적의 것을 알 때까지. 암화의 방식을 속속들이 알기 위해 운현이 끊임없이 장력을 날린다. 맞은 장력에 핏줄기가 터져 나간다.

그중 백미는 웅덩이 속의 기운 덩어리를 터트릴 때였다.

—끼에에에엑—!

육성도, 음성도 아니었다. 기운 그 자체가 내는 괴음이 운현의 머릿속을 스쳐 지나간다. 원한이라도 맺힌 듯 소름 끼치는 소리가 났다.

그러다 어느 순간 점멸되듯 꺼진다.

"후……."

그 더러운 기운조차도 운현은 흡의 묘리로 끌어들였다. 끌어들이며 동시에 주변의 모든 것들을 파괴했다.

"신의님, 괜찮으십니까!"

"……."

폭음에 놀라 밖에서 끊임없이 무인들의 소리가 들림에도 운현은 손속을 멈추지를 않았다.

'……재밌군.'

끊임없이 기운을 읽고, 상대의 방식을 읽어갈 뿐이었다. 알 수 있을 만큼 최대한!

*　　*　　*

강시가 만들어지는 덩어리. 하나를 파괴했다. 그것이 종장의 시작이었으며.

"……하나가 꺼졌군. 생각 이상이야."

"처리합니까?"

"가능할 리가……. 다른 하나를 만드는 것이 나을 것이다. 조금 비틀어야 할지도 모르겠구나. 가 보거라."

"명!"

먼 어딘가 아니, 어쩌면 가까울지도 모를 곳에서 누군가로부터 비롯된 변화의 시작이었다.

# 第十一章
변칙!

이쪽이 바보는 아니었다. 되레 영리했다. 암화와의 일전으로 벼려진 칼날도 많았다.

바로 대응 방안들이 세워졌다.

"중심지부터 수색하는 게 맞소. 중심지만 파괴하면 강시들의 수가 불어나는 건 급감하오."

"확실히 그렇긴 하오."

"그럼 우선은 중심지를 부수는 것이 핵심. 그러면서 동시에 북진하도록 합시다."

"좋소이다."

"전령이든 전서구든 날려서 본파와 각 문파들의 협력도

구하도록 하지요."

"그것도 좋겠군요."

본디 중원 북부에 있을 정파인들이 사파와의 일전으로 남부에 남은 상태. 그렇기에 본의 아니게 아래서부터 위로 강시들을 정리해 나갔다.

─카아아아!

자신들의 끝을 예감이라도 한 건지, 강시들은 수를 불려서 대응을 해 왔다. 그래 봐야 강시였다.

제대로 강시를 다루는 강시술사도 없이 움직이는 강시는 움직임이 속속들이 읽혀졌다.

초기 급습하듯 달려든 강시들에야 피해가 컸지만, 우선 대응을 하기 시작하니 그 피해는 확연히 줄어들었다.

이미 일어난 피해들을 제외하고는 모두 별 탈 없이 처리가 되는가 싶었다.

전에 운현이 강시들을 상대하기 위해 만들었던 영약들, 강시를 상대하기 위한 방식들의 변형으로 그 속도가 올라가기까지 했다.

"그대로 올라가지요."

"하아압! 알겠소이다!"

위험이 전혀 없는 것은 아니었으나 차분히 대응을 해 나갔다.

                    *          *          *

　문제는 진원지였다.

　강시들을 처리하고, 그 중심으로 향하는 건 모두가 같았
다.

　오죽하면 사파인들도 정파인들을 도왔을 정도였다. 자신
들의 영역에 강시가 날뛰는 걸 좋아하는 무인은 아무도 없었
다.

　정파인들이 떠나고 나서 힘이 빠진 사파인들끼리 처리하
기는 힘들다는 공감대가 있어선지 생각 외로 협조적이었다.

　오죽하면 정파인과 사파인이 함께 있는데도 서로 다툼을
벌이는 자가 없을 정도였다.

　미묘한 통합이랄까.

　"저기요!"

　그런 가운데 속속들이 그 중심을 찾아냈다.


                    *          *          *


　중심들이 있는 곳은 장소는 다르나 그 형상들은 비슷했
다.

스스로 흐르는 핏줄기. 피 웅덩이. 간간이 느껴지는 썩은 악취.

두근— 두근—

살아 있는 생물이라도 되는 듯 부풀고 줄어들기를 반복하는 피 웅덩이 속의 기운까지 여전했다.

"으읏……."

존재하는 것만으로도 혐오감을 불러일으키는 기운. 그 자체가 무인들에 대한 공세나 다름없었다.

이용하기까지 하는 운현이야 쉽사리 버텼지만, 다른 무림인들은 가까이에 다가가는 것만으로도 힘들어했다.

청룡검대 무사들이 괜히 식은땀을 줄줄 흘리는 것이 아니었던 게다.

"히, 힘내시게나."

"크후……."

정파인들의 경우 내공이 중후할수록 더 쉬이 버티기는 했지만 사파의 무림인들은 그 정도가 심했다.

"큿……."

"나는 여기까지요. 후욱. 후…… 크흐……."

호쾌한 무공으로 날뛰기까지 하던 이전과는 정 반대되는 모습이었다.

사파인의 약점이 정파인의 심우한 무공이 아니라 마(魔)에 가까운 기운이 아닌가 싶을 정도의 모습이었다.

눈이 시뻘게져서 몸을 덜덜 떠는 자도 있을 정도였다.

개중에는 마에 물들기라도 하는지 손을 꽉 쥐며 살기를 피워내는 자도 있었다.

"올 때마다 문제로군……."

"……갈수록 힘든 것이 느껴지오. 그래도 해봐야겠지."

어려운 상황이었다. 그럼에도 처리를 해야 했다.

이곳 중심지에 있는 이 썩어버린 기운. 마 그 자체를 처리하지 않고서야 이곳까지 온 의미가 없었다.

"……준비하지요. 후읍."


*　　　　*　　　　*


두근— 두근— 두근—

자신을 제거하려 한다는 걸 느끼기라도 한 듯, 정파인들이 다가올수록 기운은 세차게 고동을 움직여댔다.

육성이 있는 것도 아니며, 단지 기운임에도 불구하고 심장이 뛰는 것 같은 고동 소리는 무림인들의 뇌리 그 자체로 전해졌다.

"후욱……."

힘들어하면서도 무림인들은 차분히 다가갔다.

경공도 보법도 없이 다가감에도, 공력을 소모하는 듯 그들은 지쳐갔다. 의무감 하나로 피 웅덩이를 둘러쌀 뿐이었다.

"후욱……."

공동의 아흔 진인. 도인이면서도 그 옛날 익덕으로 이름을 알린 자와 비슷하게 거대한 덩치.

얼굴이 수염으로 그득한 그는 도무지 도인의 모습과는 달랐지만 그 공력만은 여기 있는 자들 중 제일이었다.

그럼에도 그는 이곳에 터를 잡는 것 자체를 힘들어했다.

심후한 그가 그리할 정도이니 다른 자들은 오죽하랴. 준비를 위해 단순히 다가간 것뿐임에도 지쳐버린 자가 다수였다.

처어억. 척.

초인적인 의지로 모두 섰다. 다섯밖에 안 되는 인원이 섰음에도 거대한 피 웅덩이를 다 채운 듯했다.

두근— 두근—

피 웅덩이가 반항이라도 하듯 기운을 피워 올리지만 모든 준비는 끝이 났다. 둘러싸는 그 자체가 준비의 시작이자 끝이었다. 고통스러우면서도 단순했다.

"크흐. 바로 움직이지요."

"……알겠소이다."

스으으으으으—

고오오오—

모두 아흔진인의 말이 끝나길 기다렸다는 듯 기운을 불러 일으키기 시작했다.

공동의 진인과 화산의 도인. 남궁가의 패도적인 기운들이 한데 모여 일어나 회오리치는 모습은 장엄하기까지 했다.

두근─ 두근─ 두근─

그에 대응하듯 피 웅덩이의 기운이 쉼 없이 약동을 하지만 둘러싼 무인들은 끊임없이 기운을 불러일으킬 뿐이었다.

쓰아아아앙—

기운이 커진다. 고조된다. 더욱 커진다.

그들다운 기운. 서로 다른 의미와 목적으로 익힌 무인들이다. 하지만 이들 모두 정파의 무인들이란 공통점이 있었다.

또한 기운의 심후함이 깊은 자들이었다.

그들이 기운을 불러일으킨 것만으로도 그건 울림이 됐다. 울림이 커진다. 공명한다. 공명이 하나의 목적으로 똘똘 뭉친다.

피 웅덩이 기운을 향해서다!

두근─

악의 그 자체로 만들어졌을 피 웅덩이 기운. 그 기운을 불사르기 시작했다.

화아아아악!

불사르다 못해 전투를 벌이기 시작한다. 기운과 기운의
전투였다!

콰앙!

폭음은 실제 일지 않았다.

"큿……."

하지만 이곳에 있는 무인들 중 누구도 느끼지 못한 자가
없었다. 기운이 터져나간다. 부딪치며 싸운다.

휘몰아친다! 끊임없이!

"크홉……."

진인 중 하나가 속이 진탕이 된다. 내상이었다. 족히 몇
달. 여기서 더 진행되면 몇 년은 요양을 해야 할지 모를 내상
이었다.

진탕이 진창이 되어갈 지경!

'……해내야 한다.'

그럼에도 진인은 멈추지 않았다. 여기서 자신이 멈춰서야
그 부담이 남은 자들에게 갈 것임을 알고 있기 때문이다.

모두가 같은 심정이었다.

"크흐흐……."

기운을 조종하니 신음을 흘리지 말아야 함에도 신음을 흘

리는 것은 모두 타격이 있어서가 분명했다.

그럼에도 멈추는 자는 없었다. 끊임없이 다퉜다.

두근— 두근— 두근—

절정이련가! 어느 순간 피 웅덩이의 기운이 폭주하듯 두근거린다! 그러다 어느 순간.

퍼어어어엉!

끼야아아악—

기운이 터져버린다. 마지막 단말마라도 되는 듯 괴성을 내지르고서는 완전히 일소가 된다.

스으으으으으—

사라져 버린 기운의 공백을 메꾸기라도 하는 듯 자연지기가 웅덩이가 있던 자리를 채우기 시작한다.

웅덩이와 싸웠던 무인들로서는 꿈에도 바라던 자연지기였다.

자연지기가 채우자, 악의로 가득 찼던 공간 자체가 정화된 듯했다. 그 정화의 순간이 끝나는 순간!

"크흐……."

털썩. 안에 있던 자들 모두가 그대로 쓰러지듯 주저앉아 버린다. 피 웅덩이 안이었지만 신경 쓰는 자는 아무도 없었다.

주저앉자 기운과 기운의 전투였음에도 모두가 치열한 전

투라도 벌인 듯 피로 젖어버렸다.

이각쯤 지났을까.

"크흐…… 가지요. 가……."

한숨을 돌리고 나서야 그들은 움직이기 시작했다. 이각을 쉬었음에도 아직 힘든 듯 겨우겨우 움직이고 있었다.

내상을 당했으니 무리도 아니었다. 전우애라도 느끼는 듯 서로가 서로를 감싸고 바깥으로 향한다.

심각한 내상에 당장 삼류무인이라 해도 손을 쓰면 진인들이 죽어버릴 수 있는 상황.

그럼에도 사파 무인들조차 이들을 공격하는 자는 없었다. 되레 경외하는 듯한 시선을 보냈다.

"여기로 오시지요. 뫼시겠습니다."

"크흐…… 아니네. 그래도 내려 갈 때는 신세를 지겠으이."

그들은 다가가기도 힘든 기운을 정화했음에 존경까지 섞어 보낼 정도였다.

정사지간으로 적이었으나, 이 순간만은 서로가 아군인 셈이었다.

\*　　　\*　　　\*

둘러싼 후 기운을 일으켜 기운끼리의 부딪침을 유도. 피 웅덩이의 기운을 터트리는 게 그들의 정화 방식이었다.

흡(吸)을 하는 운현과는 비슷하면서도 달랐다.

덕분일까.

"……속출하는구려."

"허어……."

어지간히 강하지 않고서야, 한번 피 웅덩이의 기운을 정화한 자들은 심각한 내상을 입었다.

심한 경우 몇 년씩은 내상을 치료해야 할 정도였다.

'승리해도 승리한 것이 아니구나. 허어…….'

그것도 경지가 낮은 자들이 아니라, 높은 자들이 그리 됐다.

운현이 나서고 의명 의방이 나서기야 하겠지만 운현의 손에도 한계가 있을 터였다.

무림에서 경지가 높은 자의 중요도는 낮은 자의 수배, 수십 배가 되는 터.

이대로 경지가 높은 자들이 중심지를 터트릴 때마다 내상을 당해서야 사파를 해결하고도 되레 문제가 발생할 거라 예상될 정도였다.

"……강서는 거의 처리했습니다."

"사천도 그렇답니다. 당가주의 힘이 컸답니다. 그러나 역시 그쪽도 피해가……"

"허어……."

"크흠."

정파인들이 죄다 전투 아닌 전투로 부상을 입어가는 게 문제였다. 그럼에도 하지 않을 수가 없었다.

"……중심지가 줄어간다는 걸 희망으로 삼지."

"허허. 그럴 수밖에요."

그나마 내상을 입어 하나씩 줄여갈 때마다 강시들이 더 생기지는 않으니 다행이었다.

"그나저나 신의는?"

"호남은 거의 처리했답니다. 총단을 처리한 게 그이지 않습니까. 듣기로 가장 컸을 곳이 그곳이었지요."

"허허…… 그나마 다행인 건지…… 다음은 어디로 간다 하는가?"

"우선 귀주랍니다."

"좋군."

모두가 분투를 벌이고 있었다.

\*       \*       \*

분투를 벌임에도 그나마 상황이 나은 자는 운현뿐이었다.

―키이이익!

달려드는 강시를 처치하는 건 시간일 갈수록 수월해졌다. 중심지에 있는 기운을 흡의 묘용으로 흡수해내고 그걸 사용하니 전보다 위력이 거세졌다.

크르릉.

"……후."

몸 속에 내포된 기운이 그를 노리는 듯 달려들곤 해 본래의 기운으로 다스려 나가는 게 유일한 어려움이었다.

그마저도 본래의 진기와 융합시키며 조금씩 흡수해 나가고 있었다.

'변하는군.'

조금씩 선천진기가 아닌 전혀 다른 무언가의 기운으로 혼재가 되어가는 듯한 상황.

자연지기와 비슷하면서도 전혀 다른 기운으로 내공이 화(和)해가는 듯 했지만 그건 그거대로 나쁘지 않았다.

'전혀 새로운 길일 따름.'

화경의 경지에 이르고서부터 자연지기의 묘용을 이용하게 된 그다. 흡의 묘리는 물론 쾌, 중, 환 그 무엇이든 다룰 수 있는 그로선 현 상황이 그리 나쁘지 않음을 알았다.

중요한 건 다른 것.

두근― 두근― 두근―

생물처럼 살아 숨 쉬는 웅덩이의 기운을 처리하고 남는 기운이 아닌 이끌림이 문제였다.

"······자력이 있는 것도 아닌데."

피 웅덩이의 기운을 흡수 혹은 파괴하길 반복하는 그였다. 다른 자가 내상을 입음에도 성장하는 것까진 의외의 성과가 분명했다.

내부에서 날뛰는 기운도 조종이 가능했다. 자신이 것이 되고 있다.

문제는 어떤 이끌림이다.

기운이 자력을 가질 리도 없을 텐데, 자력을 가진 것처럼 어딘가를 향하려는 느낌이었다.

운현 또한 가끔은 자신도 모르게 어딘가로 이끌리는 느낌이었다. 기운을 떠나 어떤 본능적인 귀소 본능이라도 생긴 느낌이랄까.

필설로 설명을 하기에는 설명되지 않는 그 어떤 울림이 운현을 자극하고 있었다.

"흐음······ 이게 내상을 일으키는 걸지도······."

그 원인은 아직까지 운현도 알지 못했다. 원인을 제대로 알았다면 이미 해결을 했었으리라.

하기는 중심지를 파괴하고 말고가 문제가 아닐지도 몰랐다.

"끝나셨습니까?"

"방금 끝냈네. 또 어디에 중심지가 있다던가."

"이번엔 특이하게 가까이 있습니다. 문제는…… 또 찾아오신 분들이 있습니다."

"흠…… 안내하게나."

묘한 이끌림. 기운의 날뜀. 그런 것들이야 암화를 처리하면 해결될 쉬운 문제일지도 몰랐다.

그보다도 문제는 운현이 없는 곳에서 다른 피웅덩이를 처리한 자들이었다.

운현이 몸은 하나뿐. 그가 중원의 모든 중심지를 처리를 할 수 없으니 남은 것은 다른 자들이 처리해야 했다.

문제는 그들이 처리할 때마다 흔적이 남았다는 것. 그 흔적이 궤적이 되어 내상을 입힌다는 게 문제였다.

피 웅덩이의 검은 기운은 파괴되면 완전히 사라지는 게 아니었다.

그들에게 내상을 남기고, 일종의 표식처럼 섞여들어 갔다. 이종의 진기가 됨과 동시에 어떤 흔적을 남겼다.

그런 자들이 운현이 가까이 있을 경우에는 종종 찾아오곤 했다. 내상을 치료하기 위해서였다.

"어디 한번 볼 수 있겠습니까."

"내 부탁하겠네."

스으으으—

시간도 없는 터. 상대도 그걸 이해하기에 운현은 치료할 이를 보자마자 바로 치유에 들어갔다.

이자는 내력으로 보아 남궁가의 인물임이 분명했다. 가진 내공도 하늘을 담은 것처럼 거대함이 느껴졌다. 동시에 그 안에 날뛰는 것이 있었다.

'여기군.'

내상의 원인이다. 피 웅덩이에서부터 나온 기운인 게 분명하다.

아주 작은 기운이지만 이 작은 기운이 이종진기가 되어, 강한 내력을 가진 무인에게 내상을 심어줬다.

스아아아아—

그 기운을 빨아 들였다.

"으으……."

시원함이라도 느낀 것인지 남궁가의 무사가 자신도 모르게 얕은 신음을 내뱉는다. 그 신음이 끝날 때쯤.

"다 치료됐습니다."

"고맙네. 고마워. 그런데…… 벌써 말인가?"

순식간에 치료가 끝난다.

중원이 넓어 모든 내상 환자를 치유하지 못할 뿐이다. 막상 운현과 가까이 있으면 이처럼 쉽게 내상을 치유할 수 있었다.

"내력을 살펴보시지요."

"흡……."

내력을 살핀 환자가 놀랄 정도로 빠른 회복이었다.

"……되레 내력이 는 느낌이로군."

"그럴지도 모르겠습니다. 종종 그러는 분들이 있으니……."

"허허. 화인지 복인지……."

이자는 운이 좋게도 내력까지 늘어버린 듯했다.

보통 내상이 치유가 됐다고 하더라도 내력이 느는 경우는 없었다. 되레 치유가 되고도 몇 년은 요상을 해야 했다.

'특이하단 말이지.'

그런데도 이 내상은 종종 내력을 늘리는 현상을 만들어냈다. 어쩌면 이런 현상을 이용해서 암화가 내력 높은 고수들을 족족 뽑아냈을지도 몰랐다.

지끈.

"……으음?"

그 순간. 갑작스럽게 위화감이 더 커진다. 눈앞에 있는 남궁가 무사의 기운을 빨아들이고 나서부터였다.

"왜…… 그러는가? 혹 문제라도 있는 것인가?"

"……아닙니다. 치유는 끝났으니 걱정하지 않으셔도 됩니다.”

“그래. 그렇다면야…… 허허. 고마우이. 정말로.”

운현의 생각지 못한 모습에 잠시 놀란 그였지만, 치유가
됐다는 말에 희희낙락하며 떠나갔다.

가기 전 몇 번이고 은혜는 꼭 갚겠다며 감사를 표했을 정
도였다.

그의 감사를 받는 둥 마는 둥하며 운현은 다른 걸 살피고
있었다.

‘……이게 대체.’

이끌림. 어쩌면 피 웅덩이에 있는 검은 기운들의 근본. 그
것이 느껴지는 느낌이었다. 착각이 아니었다.

남궁가의 무사를 치유하고 난 그 뒤로 이끌림이 더욱 커
지는 듯했다.

‘대체…….’

운현의 얼굴에 의문이 어린다.

“아까 그분은 어디의 누구라고 하십니까?”

“남궁가 사람이지 않습니까?”

“……누군지는 확실히 모르는 겁니까?”

뭔가 이상했다. 다급함을 느낀 운현이 감사를 표한 남궁
가 무사가 사라졌을 방향으로 뛰기 시작한다.

‘기운은 분명 남궁가의 것이었는데…….’

기운도, 무공도 남궁가의 것으로 보였다. 남궁미도 봤던 그이지 않은가. 착각을 할 리가 없었다. 그 내상도 분명 진짜였다.

그러기에 자연스레 치료를 해 준 거였다. 그런데 대체 뭐란 말인가?

그를 치유하고부터 느껴진 이 기운은? 이끌림은? 어딘가에서 부르는 듯한 느낌은?

자신을 속였단 말인가? 어떻게?

화아악.

경공을 펼쳐서까지 달려 보지만, 치료를 받고 떠난 남궁가의 무사들은 보이지 않았다. 한참을 달리고서도 계속.

\*          \*          \*

운현이 쫓았을 그자. 중년의 남궁가 무사의 모습을 하고 있던 그는 저 멀리서 기척을 감추고 운현을 바라보고 있었다.

운현의 기감으로 느끼기에도 한참은 먼 곳에 있는 터.

수백 장이라는 거리를 단숨에 격하고 운현을 바라보고 있는 그도 대단했다.

"눈치챘는가. 하기는 그러길 바랐으니……. 훗. 곧 보겠구

나. 새 세상이 열릴 때이니…… 가자."

"옙!"

그가 떠나갔다. 아무런 흔적도 남기지 않고 신기루처럼.

# 第十二章
## 쫓음

피해는 크다. 그럼에도 지속적으로 해결은 해 나갔다.

"크흐……."

내상자가 늘어나는 만큼 중심지가 줄어들었다. 희생을 대가로 평화를 얻어내는 셈이었다.

아직 남은 것들이 많았지만, 주요 성과 가까운 것들은 처리를 해냈으니 한시름은 덜었다 해도 무방했다.

"신의라도 찾아가야 하는 거 아닌지."

"그 신의도 바쁘잖소. 그래도 하남으로 간다는 소식을 듣기는 했는데……."

"하남을 말이오? 그쪽에는 강시가 출현하지 않지 않았

소?"

"그래서 모인다더군."

"음? 이해가 안 가오."

"우선은 소강상태이니…… 따로 노리는 것이 있다는 소문도 있고. 그도 아니면 다른 일이 있어 모였다는 소문도 좀 있소. 하여튼 일이 있는 게지."

"흐음…… 잘은 모르겠구려."

"후후. 우리 같은 치가 그런 걸 알아서 뭣하겠소."

"하기는 무지렁이처럼 본파에서나 수련이나 하던 우리 아니오."

"그도 그렇소이다. 어쨌거나 한번 찾아가 보기는 합시다. 치료를 거절치는 않는다 하니. 운이 좋으면 할 수 있겠지."

"좋소!"

*       *       *

운현이 하남으로 움직였다는 소식에 하나둘씩 사람들이 모여드는 상황.

그중에서도 운현과 인연이 닿은 자들은 이미 속속 모여 있었다. 소림, 무당의 인물들은 물론이고 남궁미에서부터 시작하여 하연화까지.

오죽하면 이통표국의 표두들급까지도 하남을 찾아 모여들었다.

본디 표국 사람들은 이런 자리에 감히 낄 수도 없을 터. 허나 운현이 있어선지 대표 정도는 참여를 할 수 있었다. 표국의 공과 운현의 위세를 인정한 셈이었다.

모두를 모은 그 순간, 운현은 눈짓을 하는 것으로 인사를 대신했다. 당장은 인사보다도 중요한 게 있었다.

가장 먼저 운을 떼는 건 무적자였다.

"호남, 강서, 절강은 소강상태요. 아, 북경은 거의 처리를 했다더군. 하북까지 포함해서."

"황궁의 힘이로군."

"그런 듯하오. 덕분에 손을 덜었지."

"황궁의 입장에서도 강시는 보통 일이 아니니…… 당연한 일이긴 했소."

"허허. 뭐 공치사를 하자는 건 아니오. 중요한 건 그런 게 아니지. 알지 않소?"

개방의 당리개가 추임새를 맞춰줬다. 평소와 같지 않은 진지한 모습이지만 그걸 보고 아무도 뭐라 하는 자는 없었다.

다만 다들 당리개의 뒤편에 자리한 자를 궁금해하기는 했다. 운현으로서는 구면인 자였다.

'지부장 아니었나…… 당리개 어르신과 함께라…… 신기

하군.'

이성하였다. 지부장으로 있었던 이로 운현과 인연이 닿았었는데 특이하게 이 자리에 있었다.

지부장이라지만 한 지부의 장일뿐. 무림 전체로 보면 별달리 중요하지도 않을 수 있는 직책인 터. 그럼에도 자리를 차지하고 있다는 건 그만큼 그가 성장했다는 반증일 터였다.

실제로 느껴지기에 그의 내력은 보통은 넘어서 있었다.

'있을 만하군.'

이곳에 자리한 자들 모두가 비슷했다. 명성과 지위를 떠나서 무력과 능력은 검증된 자들이었다.

그렇지 않았더라면 연배에서 밀리는 남궁미나 제갈소화가 여기 자리 하나를 차지하고 있을 수 있을 리 없었다.

그 능력을 이용해서 하나를 찾아야 했다.

"뭐…… 상황은 이걸로 다들 알겠고. 중요한 건 그런 게 아니오."

"뭔가?"

"더는 만들어내지 못하게 해야 한다는 게 중요하겠지. 그렇지 않소? 모든 중심지를 처리해 보아야…… 또 만들어진다면 그때는 반복일 뿐이오."

"……꼬리를 확실히 잡자는 거로군요."

"자네 말이 맞네."

운현의 말에 맞장구를 쳐주는 무적자였다.

그의 말대로 모든 일의 종장을 위해서는 중심지를 처리하는 게 중요한 게 아니었다. 중요한 건 기운이 아니라 그 기운을 만들어낸 자였다.

암화다.

그 기운을 이용해서 무얼 하든 간에 암화를 처리해야만 모든 일을 처리할 수 있었다.

"후보는 있소."

당리개가 뒤이어 입을 열었다.

"가장 중심지가 많았던. 강서, 운남, 녕하성이요."

"삼각형을 그리고 있군."

가만 있던 누군가 말했다. 그 말대로였다. 중원 천지를 지도로 만들고 보면 강서, 운남, 녕하가 거대한 삼각형을 그렸다.

누군가 거기에 불쑥 끼어들었다.

"사천과 강소도 만만치 않았소이다. 그곳도 중심지가 유독 많았소!"

"그만큼 희생도 컸지……."

사천이 특히 그랬다. 당가의 가주가 초기부터 나서지 않았더라면 피해가 더 커졌을지도 몰랐다.

"이 둘을 더하면…… 신기한 모양이기는 하오. 다섯이

라……."

"흐음……."

가만있던 운화 진인의 말에 모두가 침잠한다.

'그렇긴 하군…….'

가만 보면 아무것도 아닌 듯하지만, 또 유심히 보면 묘하게 규칙을 가지고 있는 듯했다.

"그런데 이 다섯이 특별한 건 단지 중심지가 많았다는 점 아니오?"

"그렇긴 하오. 그래도 많지 않소."

"많다고 해서 그곳에 그들이 있으리라곤…… 꼭 장담은 힘들지 않소."

"그들도 중심지 같은 것은 만들기 어려웠을 것이오. 그러니 그곳에 있을 확률이 높지 않겠소? 준비가 많이 필요했을 터이니."

"그렇다 해도…… 흐음…… 도통 의미를 모르겠소이다."

"우리가 암화가 아니니 확실히 알 수는 없소. 그러나 그들은 항시 새 세상이라는 헛소리를 하잖소. 의미야 이해를 못 할 수밖에. 그래도 확률상 높다 보오."

"흐음……."

중심지를 찾아냈다. 그중 수가 많은 것들을 추렸다. 지도를 그려나갔다. 거기까진 좋다. 하지만 여기 있는 자들 중 암화는 없다.

'알 수가 없지…….'

암화의 생각이 무엇인지 알 수가 없었다. 생각을 모르기에 콕 찍어 암화가 어디를 노린다 말할 수 없었다.

많은 정보를 얻었지만 여전히 핵심은 없다. 이들이 아무런 선택을 할 수 없는 이유였다. 그러던 어느 순간 운현이 다시 나섰다.

지도를 한참 또렷이 바라보던 그의 입이 열렸다.

"……저는 이곳에 있을 거라 생각합니다. 아니 느낍니다."

운현의 손이 가리키는 곳. 예상도 하지 못한 곳이있다. 다섯 성의 어디도 아니었다. 되레 안전하다 여겨지는 곳을 그의 손끝이 가리키고 있었다.

"……호북 말이오?"

"호북을?"

다들 의문스런 표정으로 운현을 바라본다. 설명이라도 해 보라는 눈치다. 대체 왜 호북에 암화가 있을 거라 여기는지를 모르겠다는 듯했다.

"다섯 성의 가운데쯤 돼서요? 그렇다고 하면 다른 곳도 있소만……."

"이유가 대체 뭔가?"

의심을 하는 자는 없었지만, 의문을 풀지 못한 자는 가득했다. 문제는 운현도 설명을 할 수 없다는 거였다.

단지 직감.

어떤 이유가 있는 것도 아니었다. 굳이 이유를 찾자면 언제부터가 시작된 이끌림이 호북을 향한다는 거였다.

말도 안 되는 이유였다. 이유가 될 수도 없었다. 그럼에도 호북으로 가야 한다는 직감은 바뀌지 않았다.

"흐음……."

운현의 말이기에 모두가 고민을 한다. 시간이 흐른다. 그러나 더 시간이 흐른다 해서 설명을 할 수 있는 건 없었다.

"……따라오시면 설명이 되실 거라 여깁니다. 호북입니다."

같은 말을 반복할 뿐이었다.

"따라가면이라…… 허허. 그게 무슨 의미인지는 알고 있는가?"

"틀리면…… 피해가 커질 수도 있음이지요."

"알고 있구려. 그런데도 가야 한다라."

"흐음……."

헛소리라 하는 자는 없었다. 가만히 운현을 바라볼 뿐. 설명을 해 주지 않으니 더 바라는 자도 없었다. 되레 진지하게 생각을 해주는 자도 있을 정도였다.

"……."

"……."

모두의 침묵이 잠시 이어진다. 그러다 어느 순간.

"어쩔 수 없구려. 달리 다른 수도 없지 않소이까?"

"어차피 신의가 없었더라면 여기까지 오기도 힘들었을 터이니 한번 믿어보는 게 어떻소?"

무적자와 당리개가 같이 결단을 내렸다. 이유도, 의미도 모르지만 운현이라면 무언가 알고 있을 거라 여기는 듯했다.

그 둘을 시작으로,

"좋습니다."

"후후. 그러죠. 회의의 마지막이 결국 직감으로 마무리된 듯하지만요. 그렇지요. 신의님?"

당기재, 제갈소화, 남궁미. 일행으로 움직였던 자들이 대세를 만들기 시작했다.

목적지가 정해졌다.

'고향이라······.'

운현의 시작이자 모든 것이 있는 곳. 호북이었다.

*　　　*　　　*

가는 길은 수월했다.

—캬아아아!

간간이 강시들이 덤벼들기까지 하지만 상대를 잘못 골랐

다. 여기 있는 자들 중 약자는 없는 터.

"무량수불……."

퍼어억—!

망설임도 없이 베어버리는 게 순간이었다. 떼로 달려든다
고 하더라도 밀리는 자가 없이 되레 압도를 해 가면서 상대
를 할 정도였다.

길이 길어질 리가 없었다. 쭉쭉 남하를 하기 시작했다.

순식간에 하남서 호북을 통과했다. 성 하나를 거쳐 간 게
다.

*　　　*　　　*

제갈과 화산이 있는 호북이다. 초나라의 수도기도 했던
호북은 상상 이상으로 넓었다.

"이제는 어디로 가야 하는가?"

호북을 찍어서 왔지만, 그 성 내에서도 정확한 곳을 찾아
내야 했다. 암화가 있을 만한 곳을 찾지 못해서야 아무런 소
용이 없었다.

귀주, 이통, 성도 무한, 무당산과 융중산. 그 외에도 많은
곳을 제집 드나들 듯 움직였던 운현이었다.

치료를 위해서, 의뢰를 받고서, 우연찮게 배움을 위해서

움직였다.

그의 시작이고 모든 것이 서려 있던 곳이다.

'어디일까…….'

그의 머릿속으로 호북성의 곳곳이 그림이라도 된 듯 쭉쭉 스쳐 지나간다.

천병을 치료했던 곳이자, 처음 암화와 마주했던 곳들도 전부 스치운다. 그들이 말하던 새 세상의 의미까지도.

"……이곳일 겁니다."

"흐음."

자귀현과 당양현의 이느 한 곳. 삼무산이라는 산이 있는 곳이었다. 언젠가 들러 보았던 곳을 정확히 찌르고 있었다. 이번에도 직감일 뿐. 다른 것은 없었다.

굳이 이유를 들자면 이곳에서 암화와 충돌이 있었다는 것 일까. 다른 건 없었다.

반론은 없었다.

"바로 움직여 보지."

쉼 없이 운현이 새로 만들어 낸 목적지를 향해 따라갈 뿐 이었다.

*       *       *

행렬은 길었다. 하나같이 문파에서 한 자리씩 차지하는 자들. 정예가 움직이고 있음에도 수가 많을 수밖에 없었다. 거의 전부였으니까.

운현을 포함해서, 무적자에 소림에서는 십팔나한까지 추가로 보냈을 정도다.

무당에서는 수가 부족하다 여겼는지 본파의 자소전의 진운(眞雲) 진인까지도 보내왔을 정도다. 제갈가도 증원을 하여 가문의 이들을 보탰다.

"허허…… 감히 마주하기 힘들 정도로 성장했구나."

"과찬이십니다."

"도인임을 잊고 이번만은 자네의 검이 될 터이니…… 잘 부탁하겠네."

운인 도장의 스승으로 운현과 인연이 닿은 진운 진인. 한없이 배분이 높은 그는 운현을 상대로도 달리 많은 것을 따지지 않았다.

가장 웃어른이다 싶은 진운 진인이 운현의 편을 들어 주니, 새로이 추가가 된 무인들 중에서도 감히 운현의 행보를 방해하는 자는 없었다.

수를 불려가면서까지 이동을 했다. 모두가 무력은 어디가서도 뒤지지 않는 자들이었다.

여기 있는 자들이 전멸하면 무림의 전력 자체가 낮아진다

할 만큼 정예 중의 정예였다. 그런 자들은 운현이 이끌고 들어갔다.

"흐음……."

삼무산 어귀에 그들의 발걸음이 닿았다. 목적지에 거의 다 왔음에도 아무런 일이 없었다.

"……이거 문제가 있는 것 아니오?"

"아무것도 없구려."

당장의 삼무산은 호북에 있는 다른 평범한 산들과 비슷해 보였다.

운현을 믿고 왔던 자들의 마음이 조금 흔들린다. 여기까지 왔음에도 아무런 일도 없으니 그런 게다.

암화를 잡으러 왔지 허탕을 치러 오지는 않았다.

"일이 잘못됐을지도……."

"허허……."

처음에는 당황스러워 하더니, 다들 운현을 바라보기 시작한다. 여기까지 이끌어 왔으니 뭐라도 보이라는 태도였다.

"진도 없는 듯한데……"

제갈가의 누군가가 한 말이 쐐기가 됐다.

무림에서 진을 말함에 제갈가 사람을 빼 놓을 수는 없다. 그들 중 누군가 진도 없다 확언을 했으니 그렇다 믿을 수밖에 없었다.

여기까지 와서 아무것도 없다니?

"……신의, 말 좀 해보시오."

"지금이라도 다른 다섯 성 중 하나를 선택하는 것이……."

그들이 뻔뻔한 건 아니었다. 모두 한 마음으로 움직인 터. 마음을 다잡고 왔는데 아무런 일이 없으니 무리도 아니었다.

허나 운현은 이들이 모두 의문을 가지고 있을 찰나에 되레 반대의 마음을 가졌다.

"……."

그건 확신이었다. 아직 모두에게 설명할 수는 없었다. 그럼에도 가까워짐이 느껴졌다. 눈앞에 보이지는 않지만.

'느껴진다.'

보이지 않음에도 확실히 있었다. 진이라고 하기엔 제갈가의 사람들이 눈치를 채지 못했지만, 운현은 확실히 느꼈다.

'전의 그 동굴과 같은 건가.'

진이면서도 진이 아니었던 것. 환상이 섞이고 공간을 뒤섞었던 그것을 운현은 전에도 한 번 느꼈었다.

모두 암화와 부딪칠 때의 일이었다.

암화는 무공을 사용하고, 기운을 이용하는 것조차 무림인들과 같으면서 달랐다. 진 또한 중원의 진과 비슷하며 달랐다.

전혀 다른 이질적인 것들을 가져다 붙인 듯이 온갖 괴이한 사술을 써 댔다.

그 모든 걸 여기 있는 이들에게 설명을 할 수 없었다. 시간도 없었다.

느껴지는 무언가. '이끌림'이 더욱 커지고 있었다.

"……따라오시지요. 그러면 설명이 될 겁니다."

"신의? 대체 무슨 소리인지……."

가타부타 설명도 없이 운현은 발을 들이밀었다. 바로 삼무산의 어귀를 향해서였다.

"……."

"따라갑시다."

어차피 삼무산이 목적지였다. 아무것도 없을 듯하지만 이왕 온 것 여기까지 와서 망설일 것도 없었다.

다른 이들 모두가 운현의 발걸음을 따라들어 간다.

삼무(三無). 산 사람도, 짐승도, 이용할 무엇도 없다는 이름을 가진 산. 그 산의 안쪽으로 많은 자들이 발을 디디는 그 순간.

화아아아악—

변화했다.

\*         \*         \*

"허어…… 어찌 이런."

생경한 경험에 모두 놀랄 수밖에 없었다.

삼무산은 중원 어디에나 있는 평범한 산과 전혀 다르지
않았다. 어귀에 이를 때도 다른 것을 전혀 느끼지 못했다. 그
렇기에 운현에게 의문을 표했을 뿐이다.

헌데 들어선 이곳은.

"대체 어떻게…… 진이 있을 리가. 전혀 변화를 느끼지 못
했는데. 이게 어찌된 일이오?"

"모르겠소이다. 일단은 살피기는 해야겠지만…… 허 참."

그들이 방금 전까지만 하더라도 보고 있던 삼무산이 아니
었다. 평범한 삼무산은 발길을 들이밀자마자 지옥의 한복판
이 되어 있었다.

—캬아아아아!

—캬아……

지겨워져 가는 강시들의 행렬이 끊임없이 이어지고 있었다.

어느 한 곳에서는 불길이 피어오르고, 또 어느 한 곳에서
는 설빙이라도 되는 듯 보이는 하얀 덩어리가 보이고 있었다.

"이 무슨 말도 안 되는……."

강시가 날뛰고, 불과 눈이 동시에 있을 수는 없었다.

"……진법이랄 수밖에. 우리 제갈가도 파악을 하지 못하
는……."

천하의 제갈가의 무사도 인정을 할 수밖에 없었다. 천외천이다. 하늘 위에 하늘이 있었다. 바로 앞에 두고도 존재를 찾지 못하는 진법을 펼칠 수 있는 자가 있었다.

그들에게는 생경한 경험이었다. 하지만 생경함은 거기서 끝나지 않았다.

"……헌데 다른 자들은 어디에 있소?"

"아!"

광경 뒤에 같이 있어야 할 일행. 끊임없는 행렬을 만들어 냈던 자들이 전부 사라져 있었다.

고작해야 제갈가의 무사들 열 명가량만이 같이 서 있을 뿐이었다. 분명 모두가 들어왔음에도!

"……진이 모든 걸 흩트려 놓은 듯하오."

"허. 허허……."

진에 의해 모두가 흩어졌다.

—캬아아아악!

그들이 더 여유를 즐기는 것은 허락지 못한다는 듯 괴성이 들려온다. 강시들이었다.

"……우선은 상대하고 봅시다! 진을 형성하시오!"

흩어지고, 투쟁하는 지옥판이 만들어진다.

# 第十三章
## 환상!

"아씨!"

"어?"

볼 수 없는 자를 봤다. 생전의 모습 그대로다. 허나 죽을 때의 그 모습 그대로일 필요는 없지 않은가.

피칠갑을 하고 자신을 바라보는 유모에 남궁미는 기겁을 할 수밖에 없었다.

속은 여린 그녀로선 꿈에도 그리던 유모. 자신을 대신해서 죽은 유모가 눈앞에 있음을 외면하지 못했다.

그녀를 대신해서 유모는 자객에게 죽었다. 꽃다운 나이에.

괜찮다고 울지 말라하던 유모는.

"행복하십니까? 저 없이도? 제 생각은 하나 들지 않덥니까?"

"……아, 아냐……."

남궁미. 차라리 검을 마주하고서는 피하지 않았을 그녀가 자신도 모르게 주춤주춤 물러선다.

터억.

뒤에도 누군가 있었다.

"……오셨습니까? 기다렸습니다."

"어? 어어어?"

"베시더군요. 한 점의 자비도 없이."

"어어?"

그였다. 운현과 사파서 움직일 당시 잡혔던 그. 마지막은 강시가 돼서 만났던 그가 이제는 임무를 수행할 적의 모습을 하고 바라본다.

"아씨께는 신의님만이 중요한 것이겠지요."

와득. 와드득.

"핫, 저 같은 무사야…… 하찮겠지요?"

변화는 바로 시작됐다. 말 한마디가 끝날 때마다 몸이 뒤틀린다. 흉해진다.

"……고문을 받을 적에도 아씨가 떠오르더군요."

사람의 형상을 한 괴물로 변모해 간다.

"……그런 게 아니야. 아니라고."

"잘도 베시더군요. 그때도……."

역린이 찔렸다. 검이 없음에도 마음이 베였다. 무너질 듯
흔들린다.

*　　　*　　　*

"형님? 어떻게 여기에? 아니 형님일 리가…… 아니……."

누군가는 보지 말았어야 할 자를 보고.

"아니라고!"

누군가는 저지르지 말았어야 할 죄를 다시금 회상하게 된
다.

"……언니!"

"사형. 오해요! 그때의 나는…… 나는……."

그리워했던 자가 모습을 드러낸다. 최악으로. 무서운 모
습을 하고서. 상상하기 싫은 모습으로 자신을 바라본다.

원망한다. 실체 없는 검을 휘두른다. 상처를 준다. 정신을
뒤흔든다.

차라리 검을 휘두른다면 맞설 텐데. 수십의 강시가 덤벼든
다면 더 나을 텐데도. 상대는 이를 허락지 않았다.

환(幻).

그 안에 모두를 가뒀다.

그들의 안에 있는 심상이 그들을 가둔 셈. 자승자박(自繩
自縛)의 감옥이다.


                    *        *        *


운현도 예외는 아니었다.

"영태야……."

운현이 아닌 김영태. 그의 과거. 서른다섯 살 외과의. 갑작
스런 교통사고로 인한 사망. 노력이란 이름으로 발버둥 치다
죽음을 맞이한 자.

회한이라는 감정으로 남기기보다는, 잊고 싶었을 전생.

의사로서 얻은 것들을 제외하고 남은 찌꺼기들은 현생의
가족들을 통해 채웠다.

그럼에도 찾아왔다.

김영태라는 과거의 이름이.

"왜 여기 있는 거야?"

"보고 싶었어."

과거의 인연들이 찾아온다. 의지와 상관없이 운현은 그들
을 맞이한다. 무감각한 눈으로 그들을 바라본다.

뒤흔들려 한다. 운현의 존재 자체를 긁어내려 한다.

전생이기에 만날 수도 없는 자들. 만날 희망조차도 없는 자들이 이런 식으로 자신들을 찾아 올 줄이야.

"……말도 안 되는군."

그럼에도 마음 한켠이 흔들릴 수밖에 없었다. 눈앞에 실존을 하기에 무감각하려 해도 뒤흔드는 무언가가 있었다. 이 또한.

'정(情)이겠지…….'

찌꺼기라 청해도 과거 자신의 기억이기에 어쩔 수 없는 흔(痕)이리라. 흔이 흔적이 되고 궤적이 되어 부딪쳐 온다.

운현의 정신을 뒤흔들려 한다.

다른 이들도 모두 그랬다. 이 흔적에. 상처에. 흔들렸다. 한편으로는 환상임을 자각하면서도 그 환상이 검이 되어 자신을 찔렀다.

"……이제는 같이 가자."

"어디로?"

"네가 있어야 할 곳으로."

"내가 있어야 할 곳이라……."

그가 있어야 할 곳이라. 전생을 기억하는 존재. 특이한 존재다. 정신적 기형이다. 자칫 이곳에 있지 못할 뻔했다.

미쳐도 단단히 미칠 수 있었다. 살인귀가 될 수 있었다. 자살을 택할 수도 있었다. 그럼에도 운현은 이곳을 택했었다.

'내가 있어야 할 곳.'

그가 있어야 할 곳을 알기 때문이리라.

"……그래. 있어야지. 내가 있어야 할 곳에."

"후후. 어서 가자."

전생의 인연. 이미 끊어졌던 인연이 그를 이끌려 한다.

이름이 주영이었던가. 과거에 연인이 됐을지도 모를 사람
이었다. 그녀에게 적어도 그는 마음을 줬었다.

이어서 어머니가 보인다. 과거의 어머니. 그러나 사랑했던
존재. 부모를 사랑했음을 부정할 생각은 없었다. 단지.

"있어야 할 곳은 여기야."

"어어?"

"무슨……."

스아아악―

운현의 손이 휘둘러진다. 허공을 향해서. 자신을 바라보
고 있는 그들을 향해서.

기를 실은 것도, 묘리를 담은 것도 아니었다. 그저 휘두름
일 뿐이었다. 다만 의지가 가득 담겨 있는 휘두름이었다.

그의 휘두름이 모두를 스치운 그 순간.

콰드드드드득―

무언가 깨져 나갔다.

그. 운현이 가장 먼저 깼다.

*　　　*　　　*

모든 것이 사라졌다.

눈앞에 모습을 드러낸 것은 다시 삼무산이라는 이름의 산 어귀였다. 모두가 함께 발을 디뎠던 곳이다.

전과 다른 것은 하나.

'저게 안 보였다니……'

산의 중심. 하늘을 뚫을 듯이 피어오르고 있는 기운 덩어리의 용오름이었다.

'총 여섯.'

하나도 아닌 여섯의 용오름이 하나로 위로 갈수록 하나로 뭉쳐가는 광경은 괴이하며 동시에 신비했다.

다른 이가 보면 신이 강림했느니 하며 고개를 숙이지 않을까 싶을 정도로 장엄하기까지 했다.

그 중심을 주위로 많은 것들이 흩어져 있었다.

"……이런."

그를 따라온 자들. 남궁미. 제갈소화. 당기재. 무적자. 당리개. 그 많은 무인들이 전부 흩어져 있었다.

"으으. 하지마! 하지 말라고!"

"사형, 어쩔 수 없다고 하지 않았소!"

무엇을 보는 것일까. 그들은 두려움, 놀람, 혐오, 공포, 애증, 증오로 가득 뒤엉켜 있었다.

무공을 사용하는 건지 검을 휘두르는 자도 있었다.

'……기운을 못 써서 다행인가.'

환상 속에 있어 기운을 쓰지 못했는지 검은 생각보다 강맹하지 못했다. 기운을 싣기라도 했더라면 이 주변이 초토화됐을 거다.

여기 온 자들 중에서 하수는 아무도 없었다. 그래도 저리 날뛰어서야 피해가 커질 수밖에 없었다.

"어쩔 수 없군."

피육—

운현이 손을 쓴다. 중심을 향해서 걸음을 옮기면서 동시에 손으로는 쉴 없이 지풍을 날리고 있었다.

지풍에 마혈을 맞은 자들의 움직임이 점차 잦아들기 시작한다. 정신이 나가기라도 한 듯 마혈이 짚였음에도 풀썩 풀썩 인형처럼 쓰러지는 자도 있었다.

이들 모두 정신을 차려도 후유증이 클 수밖에 없을 터다. 아쉽게도 이들을 챙길 시간은 없었다.

중심을 향해 가야 했다.

크르르릉—

용틀임하듯 솟아오르는 중앙의 기운이 이 시간에도 몸을
부풀리고 있었다.


＊　　＊　　＊


—캬아아아!

중심에 가까워질수록 강시들의 출현이 잦아졌다.

"허튼 짓."

퍼억. 언제나와 같은 방식으로 강시들을 으깬다. 손속에
자비는 없었다.

터엉!

개중에 강력한 강시는 일수를 버티기도 했다.

고오오—

그 또한 기운을 더 불어 일으켜 손을 박아 넣으면 될 뿐이
었다.

'다행이라 해야 하나……'

저쪽이 사용한 절진도 무적은 아닌 듯했다. 제약이 있다.

운현에게 달려드는 강시들 중에서 일부라도 환상에 빠진
무인들에게 달려갔다면?

손도 못 쓰는 사이에 모두가 죽어가는 학살극이 벌어졌을

거다. 다행인지 불행인지 강시는 일정 영역 이상을 튀어나가
지 못했다.

*　　　*　　　*

쒜에엑!
강시들을 마저 처리하면서 중앙에 거의 다다른 그 순간!
갑작스러운 기습이 있었다!
간발의 차. 느끼기도 힘든 기운이었다.
"……장력?"
고개를 흔들어 피한다. 운현이 피하고 남은 장력은 그대
로 땅에 작렬했다.
콰앙!
운현도 느끼기 힘들 만큼 은밀한 기운이었는데도 파괴력
은 컸다. 땅에 구덩이가 패인다. 강력한 암습이다!
"역시 쉽게 피하는군."
암습보다도 놀라운 것은 들려오는 목소리.
목소리의 방향으로 운현은 고개를 들렸다. 기다렸다는 듯
눈앞을 가리던 안개들이 스르륵 걷힌다.
그곳에 드러난 참상은.
"악취미로군."

지겨울 정도로 잔혹했다.


곳곳에 죽음이 가득했다.

하나같이 죽어 있었다. 누가 죽인 것도 아니었다. 자신의 손으로 죽었다. 검의 방향이 말해줬다.

두 손으로 검을 역수로 잡고 박아 넣었다. 자신의 목에서부터 시작해서 머리 위까지 그대로 꿰뚫려 있었다.

그 상태 그대로 무릎이 꿇려 있었다. 잔혹하다고 할 수밖에 없다.

자살이다. 동시에 타살이다.

그 희생자들의 한가운데만이 죽음을 비껴갔다.

뭇 여인들이 본다면 한 눈에 반할 만한 미모를 가졌으며, 동시에 중후함을 갖췄다. 기괴하게 몸이 뒤틀렸는가 하고 바라보면 다시 또 정상이다.

존재 자체가 흔들린다는 게 설명이 될까.

그는 흐릿했다. 분명 운현의 눈앞에 있으면서도 없는 듯했다. 귀신이 살아 있는 듯했다. 귀신이 살아 있다는 것 자체가 모순이지만 그는 그랬다.

생기와 사기가 동시에 느껴졌다.

운현의 기감이 잘못되지 않은 한 분명했다. 모순된 기운, 모순된 존재가 운현의 눈앞에 있었다.

모든 것의 죽음 위에 서 있었다.

기다렸던 존재. 그 누구보다 보고 싶었을 존재다. 누구일지는 훤히 예상이 갔다.

"암화……."

"암화라. 좋은 이름이지. 그자들이 한 일 중 가장 마음에 드는 일이야."

"너는 대체……."

"왜? 소개라도 필요한가? 이곳의 이름으론 이존(異存), 괜찮지 않은가? 홋. 내가 지어냈지. 다른 존재로는…… 아니, 이건 알 필요가 없는가."

"……이존이라."

"왜, 특이한가? 킥. 그것만큼이나 나를 표현하는 말은 또 없지."

기묘한 자였다. 과연 암화를 만들 만한 자라고 할까.

온갖 수작질로 사람을 실컷 죽이고, 조직을 만들고 휘두르고, 암약을 한 주제에 마지막에는 홀로 존재하는 것까지도 모순된 자였다.

"그대의 목적…… 아니 상관없는가."

그의 눈을 보면 알 수 있었다. 대화의 필요성? 없었다.

'미쳤군…….'

암화의 우두머리. 이존. 그는 미쳐 있었다. 기이하게 뒤틀려 있는 것만큼이나 눈빛 또한 뒤틀려 있었다.

정신이 오락가락한 듯했다.


"본디 새 세계란 말이지……"

묻지도 않을 걸 말하는 그는 중후했다. 기운 또한 변하며
어쩐지 믿을 만한 존재로 보인다.

"킥…… 키킥…… 다 죽여야지. 이 미친 세계가 필요가 있
을 리가! 그렇지 않은가!"

광기에 자신의 몸을 그득 담그기도 한다.

"사, 살려줘. 살려달라고!"

겁에 가득 차기도 하고. 환희를 마시기도 하며. 숨 한 번
에 절망을 담기도 한다.

그러며 동시에 기묘하게도.

'……동질감인가.'

알 수 없을 노릇의 동질감이 느껴진다. 동질감이 왜 느껴
지는지는 운현으로서도 알 수 없었다. 이유도 없이 그렇게
느껴졌다.

가만 있으면 동질감에 그의 광기가 전염되기라도 할 듯했
다.

전혀 다른 연배. 환경. 삶임에도 불구하고 동질감은 커져
갔다. 역시 알 수 없다.

'알 이유도 없다.'

처어억.

마음을 다잡았다. 통제되지 않는 감정을 통제하에 뒀다. 어설픈 감정쯤 조절할 수 있었다.

그대로 검을 겨눴다. 이존을 향해서였다.

"……끝을 내자."

말보다도. 감정보다도. 끝을 위해서 운현이 달렸다.

쒜에엑!

운현이 이존을 향해서 쏘아진다.

# 第十四章
## 비름

콰앙!

부딪쳤다. 육장과 검이었다. 바닥이 움푹 패인다. 둘 모두 멈추지 않았다.

이존은 끊임없이 육장을 날리고, 운현은 검을 날렸다.

쒜에엑!

서슬 퍼렇도록 환하게 빛나는 운현의 검이 이존의 머리를 쪼갤 듯 다가든다.

터엉!

이존은 그 검을 육장으로 버텨낸다. 강기를 사용하는 게 아니었다. 몸 그 자체로 막아냈다.

기묘하게 몸이 번쩍이더니 검강을 막아냈다.

"……금강불괴? 아니군."

"법칙을 비틀었을 뿐."

"여전히 모를 소릴 하는군."

"킥킥. 네가 알 리가 있겠는가."

비웃는다. 손을 휘젓는다.

스아아앙—

강기는 아니나, 힘이 실린 건 분명했다. 강기처럼 정제되지 않은 기운을 가지고 부딪친다.

"무공이란 것도 결국은 법칙. 법칙 아래에서 이뤄지는 힘일 뿐인 것을. 신선이니, 자연지기니 하는 것도 사실 우스운 이야기지."

"……헛소리."

운현이 가진 무공의 틀을 비웃는다. 거부하고 있었다.

"무공이니. 무림이니 하는 것도 결국은 공(空)! 고작해야 일부라 하지 않는가."

"헛소리 말라 했지!"

퍼어억! 퍼억!

분노 어린 외침과 함께 강기를 쏘아내는 운현이었다. 은하수처럼 강기가 쏟아진다. 쪼개진 강기가 이존을 향해 작렬한다.

눈앞에 쏟아지는 강기를 광기에 함께 막기 시작한다.

팔을 둘러싸고 있는 기운을 휘저으면서 쏟아진 강기를 부딪친다. 허나 강기의 수가 너무 많았다.

"……컥."

강기 하나가 이존의 몸에 작렬한다. 스치기만 해도 녹아 들어 가게 하는 것이 강기다. 타격을 받은 게 확실하다.

이존의 등이 활처럼 꺾인다.

강기를 맞은 옆구리가 완전히 패여 있었다. 하지만 그것도 곧.

"……재밌군."

지금껏 상대했던 강시처럼 그대로 재생을 해버렸다. 활처럼 굽혀졌던 허리를 피는 사이 몸이 정상으로 돌아왔다.

퍼어억. 퍼억.

다른 강기들에 맞고서도 잘도 회복을 해 댔다.

그가 몸을 회복해 낼 때마다 그의 뒤로 용틀임하고 있는 기운들이 번쩍임을 반복한다. 마치 그와 이어진 것처럼.


＊         ＊         ＊


"……너, 괴물이로군?"

사람이라 할 수 있을까. 강기에 맞고도 몸이 재생되는 자는 없었다. 금강불괴라기엔 너무 기괴했다.

존재부터 기묘하더니 전투의 방식도 기묘했다. 무림인을 상대하는 느낌이 도무지 들지 않았다.

"킥킥. 무공 따위라 하지 않았나."

"……소림에서 배워 놓고 잘도 말하는군."

"그거야 이곳이 어찌 사용하는지 알고 싶었을 뿐이었다."

역린이 찔린 듯 잠시 인상을 찡그리는 이존이다.

그러다 재밌다는 듯 아이처럼 장난기 어린 표정을 짓는다. 비웃으며 묻는다.

"재밌는 걸 보여줄까?"

"……뭣!?"

쓰악—

이존이 기운을 던진다. 그의 팔에 맺혀 있던 기운이었다. 쏘아진 기운은 피 웅덩이에 있던 기운과 비슷했다. 동시에 강시의 몸에 가득 차 있던 기운과도 같았다.

'미친…….'

여러 기운이 혼재되어 있었다. 암화를 상대하며 느꼈던 기운들이 전부 혼재되어 있었다.

놀란 운현이 재빨리 뒤로 빠졌다.

퍼엉!

그대로 땅에 작렬한다. 땅이 패이고도 모자라.

쓰아아악!

운현을 향해서 따라오기 시작한다. 기운이 뱀처럼 길게 늘어져 운현을 쫓았다. 길게 이어져 쫓아오는 기운은 전설 속 용과도 비슷했다.

"미친……."

콰아앙!

운현도 검을 휘둘렀다. 놀람은 아주 잠시다. 기운은 기운으로 상쇄했다.

캬아아아—

뱀처럼 따라오는 기운을 갉아냈다. 기운을 벴다. 강기기에 가능한 묘기였다.

"너어……! 헛."

자신에게 달려드는 두 마리의 기운을 해치우고 앞을 바라봤을 때의 이존은.

"왜? 흐흐. 오랜만인가?"

"……역시 너였군."

모습이 변해 있었다.

\*　　　\*　　　\*

남궁가의 무사로 알았던 이. 그가 운현의 눈앞에 자리하고 있었다.

순간 탁운의 얼굴로도 변했다. 남궁미의 얼굴로도 변화했다. 순식간에 여러 얼굴이 가면을 벗는 것처럼 스쳐지나간다.

'역용술이라기엔……'

역용술은 안다. 운현도 대성치 않았으나 시전을 해 본 바가 있다. 저건 그것과 근본적으로 달랐다.

역용술이 피부와 뼈를 뒤트는 것이라면 이존의 것은 존재 자체가 뒤바뀌는 느낌이었다.

"……이것이 진짜다."

"개소리!"

운현의 몸이 다시 쏘아져 나간다.

이존이 잔수작을 부리는 사이 그는 이미 준비를 마쳐 놓고 있었다. 검에는 그의 기운이 한 가득 맺혀 있었다.

그로도 모자라 자신에게 달려들던 두 마리의 기운도 잡아먹은 지 오래였다.

준비된 일수였다!

＊　　　＊　　　＊

"재밌는 수로구나! 기운의 조종이 시작이니……."

휘오오오—

바람이 휘몰아치기 시작한다. 승천하듯 용틀임하던 기운들이 지상을 향해 쏘아져오기 시작한다. 목표는 운현이었다.

퍼어억. 퍼억. 퍽.

여섯의 줄기가 작렬한다.

'제길.'

운현도 검의 괴도를 바꿀 수밖에 없었다. 세상 모든 기운이라도 쏟아부은 듯한 저 기운의 기둥들이 자신에게 작렬할 줄이야!

상상도 못 한 일이었다.

상대는 온갖 괴이한 수를 사용하는 괴물이었다. 무공 또한 궤를 달리했다. 아니 저걸 무공이라고 말할 수 있을지 가늠도 안 되는 운현이었다.

그럼에도.

'해낼 수밖에 없잖아!'

물러설 수는 없었다.

고오오오—

운현이 기운을 더욱 불러일으킨다. 자신의 몸 안에 있는 선천진기를 격발시킨다. 동시에 주변의 기운을 느낀다.

빨아들인다. 이용한다. 자신의 수족으로 삼는다.

"얼마든지 오라고!"

자신을 으깰 듯 다가오는 거대한 여섯 기운조차도 양분으로 삼는다! 오래 버틸 수는 없었다. 그대로 날린다.

쒜에에엑!

거대한 기운이 이존을 향해 달려든다.

"……헛!"

처음으로 이존이 놀랐다.


*　　*　　*


이존의 반응도 느리진 않았다. 운현이 날린 기운은 여섯 기운의 일부였다.

"……재밌구나."

기둥의 남은 기운을 놀려 운현이 쏘아 올린 기운을 막아 냈다. 그러곤 동시에 운현이 날린 기운을 빛의 기둥으로 다시 환원시켰다.

운현이 사용하는 흡의 묘용처럼 기운은 다시 환원됐다.

"하……."

기운으로 기운을 먹을 줄이야. 운현 자신과 비슷한 모습이었다. 운현도 다시금 놀랄 수밖에 없었다.


허나.

"한 수씩 보였으니. 본장으로 들어가 보자꾸나!"

콰아아앙!

끝이 아니었다. 이존은 이제 막 시작을 외쳤을 뿐이었다. 여섯의 기둥이 운현을 노릴 듯 쏘아진다.

* * *

"하악…… 하……."

얼마나 반복했을까. 기운이 달려들면 되받아치기를 몇 번이고 반복했다.

진원진기를 일깨운 것을 시작으로 적의 공격을 몇 번이고 돌려줬다.

기둥의 기운이 운현의 몸에 확하고 불어 들어왔다가 나가기를 수없이 반복했다.

적의 기운을 흡수해서 쏘아내기 위해서는, 몸 안의 기운이 오고갈 수밖에 없었다. 덕분에 지쳤다.

막대한 기운이 쑥하고 몸 안에 들어왔다 일순간 빠져나가는 탈력감이란!

수천, 수만 번 검을 휘두른 뒤의 피로감 그 이상이었다. 차라리 검을 휘두르라 하면 몇날 며칠이고 해내리라!

"키킥……."

미친놈이 가장 상대하기 힘들다고 하더니.

운현은 지쳐가고 있음에도 상대는 재미있다는 표정을 지어댄다. 이 상황을 즐기는 듯했다.

그는 정신적으로 지쳐 가는데 상대는 광기로 그것을 대신한다.

'이대로는 안 돼.'

한 수를 날려내야만 했다. 이대로 반복을 해봐야 운현에게 승산은 없었다.

'……될까?'

스쳐 지나가는 수가 있었다. 성공 확률은 오 할도 되지 않는다. 잘해야 이 할이나 될까. 그래도 해내야 했다.

'……한다.'

때를 기다렸다.

쒜에에엑—

기다렸다는 듯 기운들이 운현을 향해서 쏘아져 나온다. 그 순간 운현은 기운을 되받아치지 않았다. 기다렸다는 듯 기운의 한가운데로 몸을 날렸다.

*　　*　　*

"크아아아아악!"

기운이 침범하기 시작한다. 운현을 갉아 먹으려 한다. 일

순간 그의 존재 자체가 소멸하는가 싶을 정도의 파괴력이었다.

그 기운을 운현은 겨우 버렸다.

'……조절을…….'

여기서 정신을 차려야 했다. 지금까지는 되받아치기만 했다면 지금은 그 이상을 해내야 했다.

안에 남아 있는 기운을 더욱 크게 돌리기 시작한다.

크릉—

자신을 잡아먹을 듯 달려드는 기운조차도 포용했다. 아니 잡아먹었다.

기운을 격발한다. 격발을 이용하여 쏘아져 나오는 기운들에 대항한다.

쓰아아앙—

운현이 감히 덤벼든다는 것에 분노한 듯 여섯의 기운들이 끊임없이 운현을 향해 쏘아져 나간다.

그럼에도 운현은.

"……."

기운의 격류 속에서도 끊임없이 움직였다. 한 곳의 방향을 향해서였다.

고통이 가득하면서도, 비명 지를 힘마저 비축을 하며 나아갔다. 그리고 어느 순간, 닿았다!

'찾았다!'

여섯 기운의 한가운데에서 기운을 날리던 이존이 눈앞에 보였다!

쒜에에엑!

그에게 검을 휘둘렀다. 이 일검에 끝을 내고자! 헌데!

"……기다렸다. 킥. 마지막 조각이 완성되는구나."

이존은 그 검에 자신의 몸을 스스로 가져다 대었다.

콰즈즈즈즈즉—

어깻죽지에서부터 심장에 이르기까지. 순식간에 검이 자신의 몸을 베어 가는데도 그는 몸은 웃음이 가득했다. 재생도 시도치 않았다.

운현과 그. 기운의 격류 한 가운데에서 그는 분명히 웃음 지었다. 이 순간이 참을 수 없는 환희라도 된다는 듯이!

"……이제는 가야겠다. 네가 격발의 끝일지니!"

기운이 휘몰아친다. 둘을 쪼갤 듯이. 모든 기운들이 그 둘에게 쏘아져 나간다.

"크아악!"

"크헉."

몸이 가뭄처럼 쩍쩍 갈라져 나간다. 둘 모두.

순간 빛이 점멸하듯 운현의 정신이 번쩍인다.

　　　　　＊　　　　　＊　　　　　＊

‘이 무슨……’

슈헬. 열여덟에 작위를 받았다. 전장에 나갔다. 공을 세웠다. 사랑하는 이를 만났다. 친우를 얻었다. 경지에 올라섰다. 법칙을 깨달아 갔다.

그때. 기다렸다는 듯 생각지 못한 존재들이 생겨나기 시작했다. 그들이 그가 공을 세운, 또한 사랑하는 모든 이가 있는 곳을 침범했다.

같은 인간이 아니었다. 파괴적이었다. 그럼에도 상대해야 했다. 혼신의 힘을 다했다.

우정을 나눈 왕. 피를 나눈 형제와 같은 친우들. 그들 모두가 희생해가며 이름 모를 그들을 상대해 나갔다.

마지막의 마지막. 모든 적을 처리하고 겨우 남은 적 하나. 동시에 가장 강대한 적 하나를 상대키 위해. 그는.

‘……폭사?’

죽음을 택했다. 함께 죽기를 택했다.

적의 죽음? 알 수 없었다. 그러니 알아야 했다. ‘그것’을 죽였는지를. 모두의 희생 속에 얻은 기회였다. 자신의 목적은 완수를 했는지를 알아야 했다. 그것이 그의 전부이자 한 이었다.

그러니.

"……돌아가야 했다."

허나 죽어서도 확인하고 싶었던 것은 확인치 못했다. 눈을 떴을 때. 그가 있는 곳은.

"이계…… 하……."

중원이었다. 운현은 다시 태어났지만, 그는 자신의 몸 그대로 이동을 해버렸다. 아무런 인연도 닿지 않은 곳에.

돌아가야 한다.

그를 위해 인의를 버렸다. 인간성을 버리고 취할 수 있는 모든 방식을 택했다. 자신의 육체조차 본질을 포기했다.

무공을 익혔다. 이곳에서 힘을 쓰는 틀을 익히기 위해서였다. 익힌 틀을 가지고 실험하기 시작했다.

실패. 실패. 실패.

성공보다는 실패가 많았다. 그럼에도 여러 힘을 얻어내는 데 성공했다. 그 힘들을 얻어 암화를 세웠다.

누군가는 새 세상으로 현혹시켰다. 그것이 자신이 돌아가기 위한 세상임에도 불구하고.

누군가에게는 복수심을 심어줬다. 숨은 검이니 암검이라 이름을 붙여주었다.

지하에 숨어들어 양지를 꿈꾸는 자들에게 힘을 심어줬다.

사람을 현혹시키는 자에게 현혹의 힘을 가르쳐 주었다.

'그것'들의 방식을 역으로 이용하여 죽음을 비틀었다. 강시였다.

세뇌? 쉬운 일이었다. 그 정도는 전생에서도 식은 죽 먹기였다.

무공을 응용하는 것만으로도 전생에 했던 여러 일을 다시금 해낼 수 있었다. 같으면서도 다른 기묘함이 있기는 했지만 해냈다.

그로부터 나온 게 암화다.

암화의 모든 것들이 그랬다. 다양했다. 그럼에도 모두 같았다. 그의 이용물이라는 것이, 여러 모습으로 만들어졌다.

모든 힘을 다 회복했다 여겼을 때.

'……회귀를 택했구나?'

'그래.'

준비를 했다. 돌아가기 위한 준비였다.

중원 전체를 상대로 기운을 흩뿌렸다. 중원에 있으면서 모은 기운들, 그에게 속은 희생자들로부터 얻은 기운이었다.

'피가 필요했지.'

'……'

피를 흩뿌리도록 했다. 중원 전체에!

북경에서부터 서장에 이르기까지. 암약을 하며 피를 흩뿌리는 데 집중했다.

다른 누군가는 암화의 목적이 파괴 그 자체에 있지 않느냐 했지만, 반은 맞고 반은 틀렸다. 피는 곧 제물이었다.

남궁미, 그녀를 찾아간 것도 그런 조각들 중 하나를 얻기 위해서였다. 그녀를 제외하고도 많은 무인들의 조각들을 오랜 시간 모아왔었다. 그때처럼.

제물을 통해 그가 돌아갈 수 있는 입구를 열기 위함이었다.

그가 살던 세계로 돌아가기 위해서!

순조로웠다. 한 방에 터트리기만 하면 됐다. 그러나 그때.

'네가 변수였다.'

'하…….'

일이 꼬였다. 운현이 등장했다.

'기둥은 본디 여섯이 아니라 열둘이 돼야 했지……. 흐흐.'

중원의 모든 자연지기를 흡수하여 열둘의 기둥을 만들려 했다. 그 기운을 이용하여 돌아가려 했건만, 운현 덕에 많은 것이 비틀어졌다.

실패가 이어졌다.

하지만 그 실패조차도 결국 이용하기로 했다.

운현을 처음 보는 순간. 그의 안에 있는 자연의 생기 그 자체인 기운을 보는 순간, 재밌는 상상이 그의 머리에 휘몰아쳤다.

적. 자신의 회귀를 방해하는 적을 되레 회귀를 위한 격발의 수단으로 이용할 수 있는 계획이 떠오를 때의 희열이란!

'네게 심어진 기운. 웅덩이를 깨부수기 위해서 내상을 입은 무인들에게 심어진 기운. 그것들이 뭐라 여기나?'

'……하.'

'하긴 그게 아니어도 상관없지. 흐흐. 조금 비틀어져도 그쯤은 고치면 될 일이니.'

숙적을 자신의 도구로 이용했다.

웅덩이를 부수는 만큼 내상을 입는 것을 볼 때마다 쾌락을 느꼈다.

그들이 흘린 기운들이 결국은 자신이 귀환하는 데 필요한 양분이 될 테니까!

모으고 또 모았다. 끊임없이 비틀었으며, 여기까지 오는데 성공했다.

기운의 한가운데에서도 심장을 내주며 운현과 합일을 추구한 것은, 바로 이 순간을 위해서였다! 그동안 모은 조각들을 이로써 격발시킨다! 하나로 만든다!

가장 크며, 순수한 기운덩어리를 가진 운현이 마지막 격발의 열쇠였다.

"돌아가기 위한 마지막 제물은 너. 같이 가자꾸나. 킥."

운현의 검이 기운 한가운데에 휘둘러지며 격발의 준비는

끝이 났다. 이제는 모든 기운을 터트리기만 하면 됐다.

이존의 얼굴이 희열로 가득 찬다. 기운 가운데에서 그의 의지가 그대로 전해지는 운현도 자신도 모르게 웃음을 짓는다.

마치 하나가 된 것처럼! 운현도 그에게 물드는가 했다.

"모든 비록 모습은 전과 다를지언정, 돌아가면 될 뿐이니…… 컥."

푸우욱!

"……헛소리 마."

어느샌가 만들어진 기운이 검이 되어 있었다. 자연지기로 만들어진 검은 그대로 이존의 존재를 관통하고 있었다.

사람이면서도 사람이 아니게 된 그의 존재에 대한 관통이었다.

"……연결되었으니 너 또한 느낄 터."

"쿳……."

이존의 몸이 어긋나기 시작한다. 쩍쩍 갈라진다.

"……너와 선택이 달라."

이존은 회귀를. 자신은 머무름을 택했다.

같으면서도 다른, 다르면서도 같은 서로는 서로 다른 선택을 했다. 덕분에 갈렸다.

마지막의 마지막까지도 운현은 머무름을 택했다.

주변에 도움을 갈구했다. 아무도 없음에도 기운을 찾았다. 이존이 흩뿌린 기운으로 가득한 가운데 찾고 또 찾았다.

이존을 무너트리고 자신이 머무를 방법을.

그 대가. 운현의 손에 쥐어진 검이었다. 기운 그 자체의 검.

하늘은 돌아가려는 자보다 머무르려는 자를 선택했다는 듯, 그를 막기 위한 운명이라도 쥐어주듯 하나의 작은 깨달음을 던져줬다.

'어쩌면…… 하…….'

어쩌면 이존과 기운이 혼재되고, 그의 의지를 들을 당시 얻은 깨달음일지도 몰랐다. 어떤 식이든 간에 검으로 그를 베어낼 수 없었다.

파슥.

탁운이 그러했듯, 이존의 몸도 가루가 되어 흩날리기 시작했다.

"안 돼! 안 돼에에에에에!"

광기 어린 목소리로 외치지만, 멈추지 않았다. 흔적조차 지워가며 그를 갈아대기 시작했다.

우우우웅―

그의 종속. 어쩌면 그의 최후의 힘.

돌아가기 위해서 만들어낸 여섯의 기운들이 한데 뭉치기 시작했다. 그를 잡아먹으면서 조금씩, 조금씩 구체를 만들어

갔다.

이존은 죽더라도 자신은 살아남겠다는 듯이!

자신을 만들어낸 이존을 흡수하며 자신을 형상화하기 시작했다.

"안 돼! 안 된다고! 대체! 어째서! 나는 단지……."

이존이 만들고 모은 기운이지만, 운현의 힘으로 격발을 하는 순간 기운은 이미 변질되었을지도 몰랐다.

그의 회귀를 위해 만들어진 기운은 전혀 다른 무언가가 되었다.

"……킥……."

마지막에 완전히 미쳐버린 그는.

"……이것이 그네들의 선택이라면."

스아아아악—

알 수 없는 말을 남긴 채로 그대로 재가 되어 사라졌다.

그 재의 마지막조차도 기운이 뭉쳐 만들어진 구체에 그대로 흘러들어 갔다. 한 줌도 남기지 않고.

"하……."

죽었다. 동시에 돌아갔을지도 몰랐다.

암화.

그 자체였던 이존. 그의 존재가 스러졌다.

# 第十五章
## 끝. 어쩌면 시작

"하아……."

모든 것이 끝이 났다. 그는 스러졌고 자신은 살아남았다. 모든 것을 알았으나, 동시에 모든 것을 모르게 됐다.

'대체. 어째서.'

아직까지도 운현의 머리는 어지러웠다. 알게 된 것, 해결해야 할 것, 들어온 것들이 많았다.


무슨 이유로 이런 일이 벌어진 것일까.

짝이라도 맞춘 듯 그는 떨어졌고, 자신은 태어났다.

그는 아무도 없었고, 자신은 가족을 얻었다. 그는 돌아가는 것을 택했고 자신은 머무르는 것을 택했다. 그 선택의 차이가 낳은 것이 지금의 결과였다.

"알 수가 없군."

하기는 이제 무슨 상관이랴. 죽어버린 그 존재. 어쩌면 같이하게 된 그보다도 남은 것들을 해결하는 게 중요했다.

"휘유……."

암막을 끝냈다. 한시름 덜은 운현으로 돌아와, 표국에서의 어린 시절처럼 약간은 악동 같은 표정을 하고는 주변을 바라본다.

이존이 쓰러지니 같이 스러진 강시들을. 그들의 가운데에는.

우우웅— 우웅—

이존이 남겨 놓은 마지막 존재. 그가 돌아가기 위해 만들었을 것이 분명한 구체가 있었다. 용솟음치던 기운이 하나로 뭉쳤다.

하나는 확실했다. 이존도 생각지 못한 무언가로 변했다.

'……하. 거참…….'

구체를 바라보는 운현의 시선은 곱지는 못했다. 생각지도 못한 짐이 쥐어진 느낌이었다.

새로운 뭔가라니. 어찌 해치울까. 자신의 힘도 섞여 들어갔으니 어쨌건 해결은 해야 했다.

"이건 새로운 숙원이 되겠군……."

눈앞의 것을 해결하는 데 얼마의 시간이 걸릴까. 알 수 없다. 그래도 당장의 문제는 아니었다.

구체에 잠시 머무르던 운현의 시선은 모두를 스쳐 지나가, 밖을 향했다. 산의 어귀에는.

"아아……."

땅을 짚으며 몸을 일으키고 있는 무인들이 있었다.

'하나씩 해 볼까.'

어디부터 설명을 해야 할지. 어찌 끝냈다고 해야 할지도 문제였다. 그럼에도 끝이 났으니.

"……어떻게든 되겠지."

절망보다는 나았다.


\*         \*         \*


해결을 위해서 운현은 바로 움직이기 시작했다. 혼자는 아니었다. 모두가 함께 손발을 거들었다.

무림의 일을 돕기로 한 무적자는.

"마무리는 지어야 하지 않겠는가?"

"……허허. 무량수불."

작금 무림의 중심이 된 맹으로 돌아갔다. 운현만큼은 아니더라도 그의 공적은 차고도 넘쳤다. 많은 사파인들을 쓰러 트렸던 그다.

무력도 권력도 명분도 충분한 그는.

"깨끗하게 만들어 보세나."

무림맹을 자신의 손으로 정리하기 시작했다.

"클. 말년이 더 바빠지는군."

그와 붙어 다니는 당리개도 같이 뛰어든 것은 당연한 이 야기였다.

"대체!!!!!!"

그를 상대해야 하는 화양 진인이나 형산의 문인들은 악다 구니를 지를 수밖에 없었다.

숙적이랄 수 있는 자들이 뒷공작을 벌이기도 전에 돌아와 맹을 뒤흔드니 버틸 재간이 있겠는가.

감히 수작을 부릴 시간도 없었다.

사파?

"하오문과의 약속을 지켜드린다고 했지요."

"……이런 식이 될 줄은 몰랐네요."

하오문에게 힘을 실어줬다. 적당한 무공. 명분. 그가 가진 힘을 조금 실어주는 것으로도 하오문에 힘을 실어주는 건 쉬 웠다.

"할 수 있지요?"

"해 봐야죠. 이런 식으로 지킬 줄은 몰랐지만요. 새로운 일이라니…… 나중에 각오하시라구요."

"후후. 나중이 아니라 금방 볼 겁니다."

"그게 무슨……."

"또 보지요. 연화 소저."

"아……."

새로이 발돋움하는 하오문. 그들에게 약속한 양지에서의 생활. 그것을 생각지도 못한 방향으로 지켜주기는 했다.

사파의 영역이 흔들린 사이에 자리를 차지할 수 있도록 배려한 것이다.

사파의 영역을 떡하니 차지해 힘을 가지면 후에도 감히 하오문을 건드릴 수 있는 자는 없게 될 게다. 정파도 마찬가지.

운현은 분명 약속을 지켰다.

그 중심에 있는 하연화로서는 운현이 대뜸 지킨 약속(?) 덕분에 일이 쏟아지기는 했지만 어쩔 수 없는 일이었다.

입술을 샐쭉이는 게 그녀로서의 최대의 반항일 뿐이었다.

'무림의 일은 됐고…….'

                    *        *        *

하나를 해결한 운현은 자연스레 가족을 찾았다.

"허허. 왔느냐."

그 고생을 하고도 아버지는 여전했다. 세상 모든 것이 변하더라도 자신의 아버지는 변하지 않으리라.

'아버지…….'

변치 않은 아버지가 있기에 자신이 여기까지 올 수 있었다.

"이 어미도 보지 않구!"

물론 어머니도 함께였다. 부모라는 존재. 그 둘이 운현이 이곳에 설 수 있게 만들어 준 첫째다.

"좀 쉬기라도 하지 그러더냐?"

"그럴 삶도 아니게 됐지요. 새로운 사업을 해 보시지 않으시겠습니까?"

"사업?"

"……총판이라고 할까요. 사람 장사도 좋지만…… 잘 들어보시지요. 후후."

"호오?"

"하던 걸 확장할 뿐입니다. 자아, 일단은 들어 보시지요."

여유를 가진 운현은 표국에 힘을 실어줬다. 힘을 얻기 위해서는 아버지가 바삐 뛰어다니긴 해야 하겠지만, 그쯤이야 아버지가 할 일이었다.

"기본은 저희가 하던 것과 비슷합니다. 다만 상생이라고 할까요……"

"호오."

운현의 설명이 이어질수록 아버지 이후원의 눈이 반짝인다.

*　　*　　*

표국을 위한 운현의 설명이 끝이 나고 아버지는 물어왔다.

"어떻게 할 것이더냐? 이 아비는 다 좋다만은?"

"……아."

과연 운현의 아버지답달까. 갑작스레 핵심을 푹 찍고 들어왔다. 무엇을 말하는지 모를 운현이 아니었다.

당황은 잠시였다.

"다 좋다 이것이군요?"

"그래. 어디 가서도 못 찾을 부족함 없는 아이들이 아니더냐. 누구를 택했더냐?"

"후후. 지켜보시지요."

*　　*　　*

웃음을 지으며 떠난 운현은 단번에 움직이기 시작했다.

'섭섭해할지도 모르겠지만, 어쩔 수 없지.'

가장 먼저 찾아 간 곳은 제갈가였다.

"기다리고 있었네만…… 그래도 첫 번째군?"

"예상을 하셨군요? 매파를 보냄이 도리이나 대신하여 왔습니다. 실례가 되었습니까?"

"허허. 되었네. 그 아이가 앓아 죽는 걸 보느니…… 보내는 것이 낫겠지. 내 준비를 함세나. 그 아이도 보고 갈 것인가?"

"물론이지요."

제갈소화를 시작으로 해서 남궁가를 찾아가고. 그도 모자라 하오문의 문주까지 다시금 찾아보았다.

이유? 뻔하지 않은가. 청혼을 위해서다.

'가장 좋은 건…… 다른 것이겠지만…….'

어른들을 뵙고, 그 이전에 그녀들을 보고 청혼을 했다.

이 중원에 어울리지도 않게 나와 결혼하자고 묻는 것이 쑥스럽다 못해 숙적을 처리하는 것보다도 힘들 지경이었다.

그럼에도 어느 하나를 선택치 못한 운현은 전부를 택했다.

"후훗. 기다리고 있었다구요."

"바보."

"저라도 괜찮다면요."

모든 일이 끝나자 말괄량이처럼 변한 제갈소화. 의미 모를 답을 한 남궁미. 감격하던 하연화의 모습은 평생에 기억에 남을 모습이었다.

"……오빠?"

"음? 지민?"

"……아니에요."

섭섭해하는 이제 막 성년이 된 지민의 반응은 왠지 알 수 없었다.

\*      \*      \*

"후후…… 그래. 그랬다던가."

황궁에서는 알 수 없는 의미의 선물을 보내왔다. 마치 혼수랄까. 배려라면 배려지만 무언가 의미가 있는 듯한 선물을 보내왔다.

그들이 보낸 선물을 필두로 해서 쉼 없이 많은 것들이 들어왔다.

"허허. 영웅호걸이 삼처사첩은 기본이라지만…… 기이하긴 하구먼."

"그 신의 아닌가. 이상하지도 않군."

"그런가."

모두의 축복 속에서 혼례가 이뤄졌다.

순서는 달랐지만 모두가 함께함은 같았다. 육례(六禮)에 맞춰 혼인이 시작되었다. 다소 특이한 그와 그녀들만의 혼인 이었다.


모두가 하나가 되었다.

모든 것이 잘 풀리는 것만 같았다. 달콤한 신혼생활. 행복 으로.

終章

몇 달이 지났다.

무림맹이 정리가 되어 가고, 하오문은 여전히 바삐 움직이고 있었다. 하연화가 빠져선지 더욱 분주해졌다. 그래도 정리는 될 게 분명했다.

황궁도 서둘러 민심을 수습하기 시작했다.

운현이 바삐 움직인 만큼 모든 일은 잘 풀리는 듯했다.

다만 한 가지, 신혼 생활에 약간의 잡음은 있었으니.

*　　*　　*

"또 거기를 간 거야?"

제갈소화가 걱정을 할 만도 했다. 혼례를 올린 지가 벌써 몇 달이다.

그런데도 운현은 신혼 생활이라는 단꿈보다는, 바깥으로 도는 날이 더욱 많았다. 본래부터 무심한 것은 알고는 있었지만 이건 정말 봐주기도 힘든 무심함이었다.

그래도 마냥 화를 낼 수만도 없는 것이.

"음…… 알 거 같은데요?"

"그거야 알지……."

그가 움직이는 이유가 따로 있다는 것이 문제다.

"……하여간 혼자 다 책임지려고 해."

"언니 말에 동의해요."

암화의 우두머리. 운현만이 아는 사실이지만 운현과는 같으면서도 달랐던 존재. 극과 극에서 서로 다른 선택을 하게 된 둘의 끝은 다른 한 쪽의 사그라듦으로 끝이 났다.

운현은 살았고 그는 죽었다.

한 점의 유산이라 할 만한 것, 어쩌면 저주라 할 만한 것을 남겼긴 하나 그가 죽었다는 사실만은 달라지지 않았다.

완벽한 죽음이었다. 혼마저 사그라드는.

무림인들은 단순한 일전이며, 운현이 무림의 영웅이 된 것으로 끝이라 여기지만 그건 끝이자 시작이었다.

혼인 후에서야 운현이 조심스레 알려준 사실이 있었기에 마냥 안심만은 못 할 상황이었다.

그렇기에 운현은 오늘도 그곳을 지켜보기 위해서 움직인 것이리라.

"······걱정되면 가 볼까요?"

"휴. 그러도록 하죠."

*　　　*　　　*

"······더 늘어난 느낌인데."

파각을 했으며, 전이를 했다. 많은 걸 알게 됐다. 얻은 것도 있다. 기감이 아니더라도 확연히 느껴졌다.

암화의 그. 그와 마지막 일전을 벌였던 이곳. 마지막 폭주가 이뤄졌던 이곳은 큰 흔적이자 궤적을 남기고 있었다.

우우우웅──

눈앞에 자리한 구체는 작았다.

이제야 막 운현의 발꿈치에 닿을 만한 구체다. 하지만 이 구체는 기운 덩어리 그 자체였다.

작지만 이런 어마어마한 기운이 구체화되기 위한 기운의 양을 생각하면 상상만 해도 아찔했다.

그가 모으고 운현이 격발시킨 것이나 다름없었던 기운. 마지막 일전에서 깨어난 이 기운은 날이 갈수록 커지고 있었다.

마지막 일전에 만들어진 구체였다.

"……이러다 다 잡아먹겠군."

구체는 끊임이 없었다.

대기에 펼쳐져 있는 기운들. 자연지기를 끊임없이 웅웅대며 먹고 있었다. 기운 그 자체를 먹는 아귀라도 된 듯했다.

운현의 말대로 중원. 나아가서는 그 이상의 모든 기운들을 다 잡아먹고서야 멈출 듯했다.

처음부터 그가 그리 만든 구체였으니 목적에 걸맞게 움직이는 것일는지도 몰랐다. 허나.

"……그렇게 돼서는 안 되지."

그런 식으로 모든 기운이 빨려들어 가서야 제대로 돌아갈 리야 없었다. 모든 것들이 그러했다.

'균형이고 뭐고…… 많은 게 깨지겠지. 안 그래?'

우우우웅—

답을 하듯 웅웅대는 구체였다.

"의지라도 가진 건지…… 모르겠군. 자. 작업을 시작해 볼까."

우우웅—

구체가 몸을 떤다. 운현이 무얼 할지 아는 눈치였다. 운현의 말대로 의지가 있을지도 모를 일이었다.

"······괴롭히는 건 아니야. 이쪽도 이쪽 사정이 있다고."

운현이 구체에게로 손을 가져다 댄다.

차악—

모든 걸 다 잡아먹는 것이 구체. 기운이고 물체고 할 것 없이 잡아먹지만, 운현의 손 앞에서는 무용(無用)이었다.

'이렇게 쓸 묘용은 아니었다만······ 하······.'

황궁에서부터 얻었던 깨달음 흡(吸). 기운을 살피며 얻었던 기감. 무공을 익히면서 얻은 깨달음. 마지막 일전에서의 전의와 파각.

그 모든 것들 중 하나만이라도 빠졌더라면 구체에 손을 대는 일 자체가 미친 짓이 됐을 거다.

우연인지, 운명인지 모를 지금의 상황 덕분에 운현은 구체를 조종할 수 있게 됐다.

"······시작해 볼까."

스으으—

부르르 구체가 떨든 말든 운현은 자신의 할 일을 시작했다. 흡의 묘용을 통해 구체의 기운을 빨아들였다.

하루 사이에 크기를 늘렸던 구체의 크기가 조금씩 줄어든다.

"후웁······."

경지에 이른 운현으로서도 꽤나 힘든 일이었다. 땀이 줄줄

새어 나온다. 성과는 있었다.

부르르—

비 맞은 개처럼 싫다는 듯 몸을 떠는 구체의 크기가 처음보다 줄어 있었다. 요 몇 달 겨우겨우 모아왔던 기운이 완전히 사그라든 거다.

'오늘은 운이 좋군. 확연히 많아.'

운현이 빨아들임으로써!

스으으—

그 기운을 운현은 대기에 흩뿌렸다. 아깝지도 않다는 듯 아주 완전히!

그걸 아깝다는 듯 몸을 부르르 떠는 구체였다.

계속 이런 일을 반복하고 있었다. 구체는 주변의 기운을 빨아들이고, 운현은 그걸 다시 회수해서 자연에 퍼트리기를 반복했다.

"……완전히 없앨 수도 없으니. 후."

없앨 방법이 없으니 어쩔 수 없는 일이었다. 그로부터 나온 이 구체는 홀로 존재하는 무언가가 된 지 오래다.

그도 이런 것이 만들어질 거라고는 생각지도 못했을 게다.

이미 설계자의 의도를 한참 벗어난 거다. 그렇기에.

'언제 또 무슨 일이 벌어질지 모르지……'

운현이 매일같이 이곳에 와서 관리를 하는 거였다. 가능한 한 때를 봐가며 흡자결을 써서 몸을 키우는 걸 늦춰왔다.

"⋯⋯대책을 세우긴 해야 할 텐데."

오늘도 흡자결로 줄이는 데 성공했지만 아쉬울 수밖에 없었다.

사람들을 이곳에 오지 못하게 금지로 만들었다.

구체가 몸을 키우는 걸 자신이 관리는 하고 있었다. 다른 방식으로 구체를 없앨 방식을 제갈소화나 성인이 된 장지민을 통해서 같이 연구는 하고 있었다.

그래도 아직 성과가 없었다. 어지간한 일은 다 해냈던 그지만 이것만은 확실히 없앨 수 있을 거란 생각이 들지 않았다.

계산도 아닌 우연으로 만들어진 어떤 산물이 바로 눈앞의 구체기 때문이다.

"허 참⋯⋯."

부르르르―

운현의 마음을 아는지 모르는지, 어느샌가 몸을 떨더니 다시금 대기의 기운을 흡수하려는 구체가 얄밉기만 한 그였다.

"어디 한번 오늘은 때가 좋으니 무리를 해볼까."

부르르―

구체가 부르르 떤다. 역시 의지를 갖고 있는 것이 분명했다.

다시금 힘을 써서 그가 구체를 조종하려는 그 순간.

"여보!"

"후훗."

결혼 뒤, 본래의 성격을 찾은 건지 조금은 괄괄해진 제갈소화, 현모양처와도 같은 현숙함을 뽐내기 시작하는 하연화가 가장 먼저 그를 바라보고 있었다.

그 뒤로 남궁미와 장지민까지 다가오는 것을 보면 참 많은 여인이 그의 곁을 어느샌가 지키고 있었다.

"아침부터 그렇게 나가도 되겠어요?"

"……하핫 참."

팔짱을 끼어오는 제갈소화의 말에 차마 대답을 못 하고 얼버무리는 운현이었다.

그녀들도 이 구체의 중요성을 알지만, 한편으로 못내 섭섭한 것까지는 어쩔 수 없으리라. 신혼치고 운현은 너무도 바빴다.

의방 일은 물론이고, 무림의 대소사로도 바쁜 그였다. 당장 황궁에서도 언제 오냐는 부름이 있는 그였다.

오죽하면 대련자조차 찾아올 정도였다.

대체 무슨 생각으로 대련을 하겠답시고 오는지는 모를 일이었다. 명예를 탐함이야 알 만한 이야기지만 어지간해서는 의방 무사들의 선에서 끝이 나는 형편이었다.

거기다 이 구체까지. 그 아니면 통제가 불가능한 이건 그의 업이 된 지 오래였다.

몸이 스물이 넘어도 부족할 게 그였다.

그러니 신혼의 꿀 같은 순간을 보내기가 쉬우랴. 거기다 하나도 아닌 터이니. 그녀들이 못내 서운한 것도 알 만했다.

"황궁에서는 무슨 일로 부르는 거 같아요?"

"글쎄요……."

"……혼인일지도?"

가만 있던 남궁미가 무서운 소리를 한다.

'말도 안 되지.'

이미 여러 명과 혼인한 운현 아닌가. 그런 상태에서 황궁이 혼인을 이야기한다? 말도 안 되는 이야기다. 체면을 생각해서라도 그럴 리 없었다.

하지만 어쩐 일인지 설마하면서도 가슴이 두근거리는 것까지는 막지 못하는 운현이었다.

"……말도 안 되죠."

"운현이 말한 과거가 더 말도 안 될걸요?"

"……으음."

혼인으로 그녀들을 맞아들일 당시. 그녀들을 믿은 그는 마지막에서야 그에 관한 이야기를 했었다.

전생. 파각과 전이. 그와의 차이. 그의 생. 그런 모든 것들을 말해 주었다.

그의 이야기를 들었을 때 그녀들의 놀람이란!

지금 생각해도 다시는 짓지 못할 놀란 표정을 짓던 그녀들이었다. 하기는 전생이니 뭐니 하는 이야기를 듣고 놀라지 않을 자는 없었다.

"어쨌거나 말도 안 됩니다."

어쩐지 황궁에서의 부름에 대한 답이 남궁미의 말대로일지도 모르지만 운현은 애써 부정했다.

그저.

"시간이 좀 되기는 했지만 아침 산보라도 즐기지요?"

"후후."

"그렇게 넘어가는 거예요?"

"좋아요."

"소야! 그렇게 쉽게 넘어가면 안 된데도?"

"좋잖아."

여전한 남궁미. 내숭을 던지듯 조금은 변한 제갈소화. 하연화에 어느덧 같이 찰싹 따라온 장지민까지. 그녀들을 바라보는 운현의 눈은 자신도 모르게 따뜻해져 있었다.

많은 일들. 앞으로도 더 많은 일이 있을 수도 있었다. 허나.

'……상관없겠지.'

어떻게든 해낼 수 있을 거라는 느낌이 그의 가슴 가득 채워져 있었다.

아직까지도 수련을 하고 있을 형제들. 무사들. 당기재.

인연이 닿은 무적자, 운인도장, 양주소. 적이며 많은걸 나눈 탁운, 모든 걸 건 자들까지.

많고 많은 자들을 겪고, 해결하고, 부수며, 때로는 만들어 가며 여기까지 왔다.

그 모든 것을 해내고도 더 못 할 것이 뭐 있겠는가. 어떻게든 방법을 찾고 해결해 가면 될 뿐이었다.

가족의 따뜻함으로 그와는 다른 선택을 하고 여기까지 왔다면.

"가죠. 모두."

이제는 자신이 만든 가족을 위해서 더 앞으로 달려가면 될 뿐이었다.

정(情)과 애(愛). 가족.

누군가에게는 하찮으며, 누군가에게는 위대하기만 한 무언가. 그 소중한 것들의 따뜻함으로 여기까지 왔다.

그러기에 앞으로도 나갈 수 있을 터.


어쩌면 모두 끝났을지도 모를, 또한 끝나지 않을지도 모를 무언가를 위해서 한 발 더 내딛는 운현이었다.

작가의 말

봐주신 독자님들 정말 감사합니다. 이 말씀은 꼭 드리고 싶었습니다.

……길었습니다. 정말 길었습니다. 이 부분은 정말……무어라 말을 해야 할지 모르겠습니다.

죄송하면서도, 즐거운 시간이면서도, 좋으면서도, 힘들기도 했던 그 많은 감정들이 다 케케묵어 스며든 시간이었을지도 모르겠습니다.

많은 분들에게 고생을 드린 시간이었을지도 모르겠습니다.

감사한 분들은 너무도 많아 한 분을 꼭 짚을 수는 없겠지만 그래도 우선 가장 죄송한 분은…… 한 분 말씀드릴 수 있을 것 같습니다.

거의 실시간으로 해를 넘어가며 이뤄졌던 연재를 맡아주신 담당 에디터님이 아니신가 합니다.

감사하고 죄송합니다. 작가의 말을 써야 할 때면 꼭 넣을 이야기라 생각했습니다.

다시 한번 독자님들도 정말 감사합니다.

글이 길었던 만큼 후기는 짧게 하겠습니다.

기회가 된다면 더 좋은 글. 재밌는 글. 흥미로운 글이 돼서 찾아뵙겠습니다.

연재를 할 수 있어서 행복했고 정말 감사했습니다. 앞으로도 감사합니다!